Hexen, Teufel und Gespenster

Hexen, Teufel und Gespenster

Satanische Geschichten von Walpurgisnacht bis Halloween

Herausgegeben von Sabine Prilop

Artemis & Winkler

Mit sieben Illustrationen von Gustave Doré (1832–1883)
und sechs Vignetten von Johann Heinrich Füssli (1741–1825).

Die Deutsche Bibliothek – CIP-Einheitsaufnahme
Ein Titeldatensatz für diese Publikation ist bei
Der Deutschen Bibliothek erhältlich.

Umschlagmotiv: Walpurgisnacht auf dem Brocken (Postkarte, um 1910);
mit Hintergrundmotiv: Illustration aus »Twardowski, der polnische Faust«
von Johann Nepomuk Vogl (Holzstich, 1861).
Bildarchiv Preussischer Kulturbesitz, Berlin
Satz: Fotosatz Moers, Mönchengladbach
Druck und Verarbeitung: Clausen & Bosse, Leck
ISBN 3-538-06925-5

Inhalt

I. *Halloween.* Das Fest der Lebenden und Toten

II. *Walpurgisnacht.* Auf dem Tanzplatz der Hexen

VI. *Dunkle Liebesnacht.* Geisterhafte Bräute

I. Halloween.

Das Fest der Lebenden und Toten

Johann Wolfgang von Goethe

Salamander soll glühen,
Undene sich winden,
Sylphe verschwinden,
Kobold sich mühen.

Wer sie nicht kennte,
Die Elemente,
Ihre Kraft
Und Eigenschaft,
Wäre kein Meister
Über die Geister.

Ray Bradbury

Halloween

Mit liebevoller Verehrung für
MADAME MAN'HA GARREAU-DOMBASLE,
die ich vor siebenundzwanzig Jahren
um Mitternacht auf dem Friedhof der Insel
Janitzio im See Patzcuaro in Mexiko
kennengelernt habe und an die ich
jedes Jahr am Tag der Toten
mit Hochachtung zurückdenke.

Halloween.

Vorsichtig. Auf leisen Pfoten. Lautlos schleichen.

Aber warum? Wozu? Wie? Wer? Wann? Wo hat das alles angefangen?

»Das wißt ihr wohl nicht, was?« fragt Chitinus Charybdis Downground und kriecht aus dem Blätterhaufen unter dem Halloweenbaum. »Ihr wißt es nicht *wirklich!*«

»Tja«, antwortet Tom Skelitt, »äh ... nein.«

War es ...

Vor viertausend Jahren in Ägypten, am Jahrestag des Großen Todes der Sonne?

Oder eine Million Jahre früher, an den nächtlichen Feuern der Höhlenmenschen?

Oder in Britannien zur Zeit der Druiden, beim Ssswissch von Samhains Sichel?

Oder unter all den Zauberkundigen überall in Europa – unter den Tausenden Hexen, weisen Frauen, Magiern, Dämonen, Teufeln?

Oder hoch über Paris, wo seltsame Kreaturen zu Stein erstarrten und die Wasserspeier von Notre-Dame wurden?

Oder in Mexiko, auf den Friedhöfen voller Kerzen und winziger Zuckerpuppen, am *Día de los Muertos* – dem Tag der Toten?

Oder *wo*?

Tausend grinsende Kürbismünder hängen im Halloweenbaum, und zweimal tausend frisch ausgeschnittene Augen starren und zwinkern und blinzeln herab, als Downground mit den acht wild verkleideten Jungen – nein, *neun* sollten es sein, aber wo ist Pipkin? – auf eine blätterstiebende, drachenfliegende, besenstielreitende, dahinjagende Reise geht, damit sie das Geheimnis des Vorabends von Allerheiligen erfahren.

Und sie erfahren es.

»Und«, fragt Downground am Ende der Reise, »was war das nun – was Schönes? Oder Hexerei?«

»Beides!« finden alle.

Und das werden Sie auch sagen.

Es war eine kleine Stadt an einem kleinen Fluß und einem kleinen See in einem kleinen Teil eines Staates im mittleren Westen. Es gab ringsum nicht so viel Wildnis, daß man das Städtchen nicht hätte sehen können. Andererseits gab es aber auch nicht so viel Städtchen, daß man die Wildnis nicht hätte sehen und spüren und riechen und anfassen können. Es gab viele Bäume im Städtchen. Und dürres Gras und verwelkte Blumen, jetzt, da der Herbst gekommen war. Und viele Zäune, auf denen man balancieren konnte, und Bürgersteige, auf denen man Rollschuh fahren konnte, und eine tiefe Schlucht, in die man fallen und über die man sich etwas zurufen konnte. Und es gab viele …

Jungen.

Und es war der Nachmittag vor dem Halloweenabend.

Und alle Häuser waren vor dem kalten Wind verschlossen.

Und das Städtchen war voll von kaltem Sonnenlicht.

Aber plötzlich war der Tag vorbei.

Unter jedem Baum kam die Nacht hervor und breitete sich aus.

Hinter den Türen der Häuser gab es ein Getrippel wie von Mäusen, gedämpfte Schreie, flackernden Lichtschein.

Hinter einer der Türen stand Tom Skelitt, dreizehn Jahre alt, und horchte.

Der Wind dort draußen baute sich in jedem Baum ein Nest, strich auf verborgenen Wegen über die Bürgersteige wie unsichtbare Katzen.

Ein Schauer überlief Tom Skelitt. Man merkte deutlich, daß der Wind heute nacht ein besonderer Wind war und daß die Dunkelheit sich anders anfühlte als sonst, denn es war der Abend vor Allerheiligen. Alles schien aus weichem schwarzem oder goldenem oder orangefarbenem Samt gemacht. Aus tausend Schornsteinen quoll keuchend Rauch, der aussah wie die Federbüschel der Beerdigungszüge. Aus Küchenfenstern drangen zweierlei Kürbisdüfte: Man schnitt Gesichter in Kürbisköpfe, und es wurden Kürbispasteten gebacken.

Die Rufe hinter den verschlossenen Türen wurden erregter, als Schatten von Jungen an den Fenstern vorbeihuschten. Halb angezogene Jungen mit Schminke im Gesicht: hier ein Buckliger, da ein mittelgroßer Riese. Dachböden wurden durchstöbert, ehrwürdige Schlösser aufgebrochen, alte Schrankkoffer durchwühlt auf der Suche nach Verkleidungen.

Tom Skelitt zog seine Knochen an.

Er grinste über die Wirbelsäule, den Brustkasten, die Kniescheiben, die mit weißem Garn auf schwarzen Baumwollstoff gestickt waren.

Du Glückspilz! dachte er. Was für einen prima Namen du hast! Tom Skelitt. Erstklassig für Halloween! Jeder nennt dich *Skelett*. Womit verkleidest du dich also?

Mit *Knochen*.

Wumm! Acht Haustüren fielen ins Schloß.

Acht Jungen vollführten eine Reihe wunderschöner Sprünge über Blumentöpfe, Zäune, dürre Farnbüschel und Sträucher und landeten auf dem ausgetrockneten Gras der Vorgärten. Mitten im Galopp, im Hinausstürzen rafften sie ein letztes Laken, rückten sie eine letzte Maske zurecht, zupften sie an seltsamen pilzförmigen Kappen oder Perücken und schrien, weil der Wind ihnen half, beim Rennen half; sie freuten sich über den Wind oder fluchten Jungenflüche, weil Masken verrutschten oder zu Boden fielen oder weil ihre Nasen plötzlich verstopft waren von Mullbinden, die wie der heiße Atem eines Hundes rochen. Oder sie stießen aus purer Lust, in dieser Nacht am Leben und draußen zu sein, einen Schrei aus und noch einen Schrei und noch einen ... Schreiii!

Acht Jungen stießen an einer Kreuzung zusammen.

»Da bin ich: die Hexe!«

»Höhlenmensch!«

»Skelett!« sagte Tom, dem in seinem Knochenkostüm zum Lachen zumute war.

»Wasserspeier!«

»Bettler!«

»Der Tod persönlich!«

Rums! Unter der Straßenlaterne prallten sie zurück, lachend und ineinander verknäult. Die schaukelnde Lampe schwang im Wind wie die Glocke einer Kathedrale. Die Platten des Bürgersteigs verwandelten sich in die Planken eines betrunken dahintaumelnden Schiffs, das sich hierhin und dorthin neigte und über dem Licht und Dunkelheit zusammenschlugen.

Hinter jeder Maske steckte ein Junge.

»Wer bist du?« Tom Skelitt zeigte mit dem Finger.

»Sag ich nicht. Ist geheim!« rief die Hexe mit verstellter Stimme.

Alle lachten.

»Und du?«

»Die Mumie!« rief der Junge in der uralten, vergilbten Umwicklung, der wie eine riesige Zigarre durch die nächtlichen Straßen stapfte.

»Und du?«

»Keine Zeit!« sagte der Jemand, der hinter einer anderen mysteriösen Maske aus Farbe und Stoff verborgen war. »Was Schönes her, sonst hexen wir!«

»Genau!«

Kreischend, johlend, voll koboldhaftem Übermut rannten sie los, rannten überall, nur nicht auf dem Bürgersteig, sprangen über Büsche und landeten um ein Haar auf winselnden Hunden.

Doch mitten im Rennen, Lachen, Bellen blieben sie plötzlich stehen, als hätte sie eine große Hand aus Nacht und Wind und Hier-stimmt-was-nicht-Geruch festgehalten.

»Sechs, sieben, acht.«

»Das *kann* nicht sein! Zähl noch mal.«

»Vier, fünf, sechs ...«

Sie beschnupperten einander wie fluchtbereite Tiere.

»Pipkin ist nicht da!«

Wie konnten sie das wissen? Sie trugen doch alle Masken. Und doch, und doch ...

Sie konnten *spüren,* daß er fehlte.

»Pipkin! Der hat sich Halloween doch noch nie entgehen lassen. Das geht nicht! Los, kommt!«

Mit einem großen Schwenk, einem hundeartigen Traben und Drängeln, wendeten sie und rannten mitten auf dem Kopfsteinpflaster der Straße zurück, wirbelten dahin wie Blätter vor dem Sturm.

»Hier wohnt er!«

Sie blieben stehen. Das war das Haus, wo Pipkin wohnte, aber es waren nicht genug Kürbisse in den Fenstern, es hingen nicht genug Maiskolben auf der Veranda, und durch das dunkle Gras in den Fenstern des hohen Turmzimmers im ersten Stock lugten nicht genug Gespenster.

»Mensch«, sagte einer, »was ist, wenn Pipkin krank ist?«

»Ohne Pipkin ist es kein richtiges Halloween.«

»Kein Halloween«, stöhnten sie

Und einer warf einen Holzapfel gegen die Tür von Pipkins Haus. Man hörte ein leises Klopfen, wie wenn ein Kaninchen gegen einen Baumstumpf tritt.

Sie warteten, sie waren traurig und verwirrt, ohne zu wissen warum. Sie dachten an Pipkin und an ein Halloween, das wie ein verfaulter Kürbis mit einer erloschenen Kerze darin sein würde, wenn …, wenn …, wenn Pipkin nicht dabei war.

Komm doch, Pipkin. Komm und rette uns diese Nacht!

Andreas Eschbach

Halloween

»Wußtest du, daß Halloween der einzige Tag im Jahr ist, an dem man den Teufel gefahrlos um Beistand bitten kann?« fragte Norbert mich eines Abends beim Bier in der Wohnheimküche. Wir studierten damals beide Informatik und standen kurz vor dem Abschluß, also muß es Oktober 1992 gewesen sein.

»Halloween?« Das hatte ich bis dahin für die amerikanische Form von Fasching gehalten, ein Fest, bei dem ausgehöhlte, beleuchtete Kürbisse mit eingeschnitzten Dämonenfratzen, Marshmallows und ähnliches eine Rolle spielten. Etwas, das in Hollywoodfilmen vorkam: Kinder in Gespensterkostümen, die von Haus zu Haus zogen und Süßigkeiten einforderten.

»Steht so in der Enzyklopädia Britannica«, behauptete Norbert. »Halloween geht auf *Samhain* zurück, das Erntedankfest der alten Kelten. An diesem Tag kehren die Geister der Ahnen in ihre Häuser zurück, und man kann den Teufel anrufen, ohne seine Seele zu verwirken. Oder so ähnlich.«

Ich zuckte mit den Schultern. Ich bin schon immer ein naives Bürschchen gewesen. »Na und?«

Norbert schob sein Bier beiseite und seinen Stuhl zurück. »Komm«, sagte er. »Ich muß dir was zeigen.«

Was er mir gleich darauf in seinem Zimmer zeigte, war ein altes, dünnes Büchlein, in Frakturschrift gedruckt und in Karton von der Farbe getrockneten Blutes gebunden. Keine Verlagsangabe, keine Jahresangabe. »Ein Privatdruck offenbar«, meinte Norbert. »Ich habe es aus dem Antiquariat in der Ziegenhainstraße. Erstaunlich, was?«

»Seit wann gibt es in der Ziegenhainstraße ein Antiquariat?« wunderte ich mich. Eigentlich war ich der Büchersammler von uns beiden. Norbert sammelte Sporttrophäen und Strafzettel wegen überhöhter Geschwindigkeit.

Ich blätterte darin. Mit nicht geringer Verblüffung erkannte ich, daß es in dem Buch um Magie ging, um Beschwörungen und Zauberrituale. Ich klappte es zu. »Was soll das denn werden?« fragte ich und spürte einen seltsam metallischen Geschmack auf der Zunge dabei.

Norbert sah mich an. Von irgendwoher spiegelte sich ein gelber Schimmer in seinen Augen, was seinem Blick etwas Lauerndes, Verschlagenes gab. »In den Laden bin ich gegangen, weil im Schaufenster ein Buch über Liebeszauber stand«, sagte er.

»Das ist nicht wahr.« Ich warf das Buch auf den Tisch, als könne es jeden Augenblick in meinen Händen Feuer fangen. »Es geht immer noch um Irmina?« Er brauchte gar nichts zu sagen, sein Gesicht war Antwort genug. Ich hob die Hände, zählte ihm die Fakten an den Fingern vor. »Erstens, sie ist jetzt seit über einem Jahr mit ihrem Typen zusammen. Zweitens, sie ist schwanger von ihm. Drittens, der Hochzeitstermin steht schon fest. Ich meine, sieh es endlich ein – das ist gelaufen. Das wird nichts mehr, und wenn du dich auf den Kopf stellst.«

Norbert nahm das Buch wieder an sich, betrachtete es eine Weile schweigend und sah dann hoch. »Einen Versuch ist es wert«, sagte er und schob den Unterkiefer trotzig vor. »Die Frage ist lediglich, ob du dabeisein willst oder nicht.«

Ich weiß nicht mehr, warum ich nicht einfach gegangen bin. Sicher nicht, weil ich sehen wollte, wie Norbert sich blamierte. Nein, in meiner Erinnerung kommt es mir so vor, als sei ich stundenlang da gestanden und hätte dem verführerischen Ruf alter, vergessener Götter gelauscht, als sei eine Stimme in mir wach geworden, älter als die Menschheit oder das Leben selbst. Später sagte ich mir, daß es mich berührt haben mußte, zu erleben, wie ein Mann eine Frau so unsagbar begehrte, daß er bereit war, alles zu tun, um sie zu erobern, buchstäblich alles.

Ich ging also nicht. Ich fragte: »Wann genau ist eigentlich Halloween?«

Irmina Langenstein war bestürzend intelligent, begehrenswert schön, ehrlich, warmherzig, sympathisch – jede Sünde wert, wie man so sagt. Sie hatte gerade von Kunstgeschichte zu Germanistik gewechselt, als sie und Norbert sich auf einem Fachschaftsfest begegneten. Es knallte heftig, allerdings nur bei Norbert – Irmina gab ihm nach einigen weiteren Begegnungen zu verstehen, daß sie ihn durchaus schätze, aber eben als Freund und nichts weiter. Einer jener Sätze, die einen Mann ins innerste Mark treffen und dort hängenbleiben wie Harpunen mit Widerhaken.

Kurz darauf sah man Irmina Langenstein – sie war eine Erscheinung, die man unmöglich übersehen konnte – Arm in Arm mit einem Tutor, einem dürren Spätintellektuellen mit langem, grau werdendem Haar, der zerschossene Cordjacketts trug, seit Jahren an einer Doktorarbeit über Hölderlin bosselte, einen Alfa Romeo mit offenem Verdeck fuhr und als den angenehmen Dingen des Lebens zu sehr zugeneigt galt, als daß man seiner Doktorarbeit ernsthafte Chancen eingeräumt hätte.

Norbert verging fast – vor Eifersucht zuerst, dann vor Verzweiflung. Ich hatte ihm nicht alle Aktionen ausreden können, mit denen er sich in dem vergeblichen Versuch, sie zu erobern, zum Narren machte. Er ließ sie über alle einschlägigen Radiosendungen grüßen. Er schickte ihr Blumen, bis sein Überziehungskredit erschöpft war. Er lauerte ihr auf, um ihr zu Füßen zu fallen, und ihm, um ihn zusammenzuschlagen – was kläglich mißlang, denn der Nebenbuhler verließ das Institut an jenem Abend ahnungslos durch einen anderen Ausgang, während Norbert sich beim Warten eine Erkältung holte, die ihn zwei Wochen ans Bett fesselte. Kurz darauf kursierte bereits das Datum von Irminas Hochzeit, und irgendwer wußte, daß sie schwanger war. Deshalb die Eile, denn Irminas Eltern gehörte eine kleine Baufirma draußen auf dem Land, und sie hatten einen Ruf zu verlieren. Aber da Irmina ohnehin vor Glück so strahlte, daß man das Audimax mit ihr hätte ausleuchten können, war das kein Problem für sie.

Für Norbert schon. Wenn ich mich recht erinnere, war das sogar das erste, was er mir über sie erzählte: daß sie jede Sünde wert sei.

Am späten Abend des letzten Oktobertages – Halloween also – fuhren wir hinaus zu dem Platz, den er sich für das Ritual ausgesucht hatte, ein kleines Wäldchen, nicht weit entfernt von Irminas Heimatort.

»Es ist abgelegen genug, daß uns keiner stört. Mittendrin ist eine Lichtung, und auf der Lichtung ein Hexenkreis. Bevor du fragst: Das sind Pilze, die entlang einer kreisförmigen Linie wachsen. Es gibt eine Erklärung, warum sie das tun, aber ich habe sie wieder vergessen. Jedenfalls, eine Lichtung mit einem Hexenkreis. Der ideale Platz.«

»Man könnte meinen, du glaubst den ganzen Quatsch wirklich«, sagte ich.

»Heute abend«, antwortete er und sah mich mit unerbittlichen Augen an, »glaube ich ihn. Nur heute abend.«

Wir fuhren ein Stück tiefer in den Waldweg hinein, als erlaubt war, aber es war kurz nach zehn Uhr abends, und niemand sah uns. Wir stiegen aus. Die naßkalte Dunkelheit des Waldes umfing uns, roch nach Moder und nassem Holz und tausend anderen Dingen, und ich fing an zu bedauern, mich auf dieses verrückte Unternehmen eingelassen zu haben.

Norbert packte zwei dicke Taschenlampen aus und reichte mir eine. Ich knipste sie sofort an und ließ den blassen Strahl

G. Doré

die Umgebung abtasten: nirgends waren Monster zu sehen, nicht einmal Tiere. Norbert schulterte eine Tasche, die wohl die Utensilien für das Ritual enthielt, und stapfte los. Ich folgte dichtauf.

Ein Wald bei Nacht, das war nichts für meine Nerven. Ich bin eben doch ein Stadtmensch und Stubenhocker. Die Dunkelheit schien das magere Licht unserer Lampen erdrücken zu wollen, überall knackste und knisterte es, und jedesmal, wenn ein Regentropfen von einem nassen Blatt rollte und mich traf, setzte schier mein Herz aus. Wir gingen schweigend. Ich hätte was darum gegeben, wenn einer von uns einen Witz gemacht hätte, aber Norbert war von ernster, geradezu finsterer Entschlossenheit beseelt und eindeutig nicht in der Stimmung für Witze.

Endlich erreichten wir die Lichtung. Am Himmel zogen schwarze Wolkenfetzen dahin, zwischen denen ein zunehmender Mond herabsah wie ein halbiertes Auge. Norbert ließ die Tasche geräuschvoll zu Boden fallen, zog das Büchlein noch einmal hervor und rekapitulierte im Schein seiner Lampe die entscheidenden Stellen.

»Bringen wir's hinter uns«, sagte er dann, und mir rieselte eine Gänsehaut über den Rücken vom Klang seiner Worte. Oder von der Kälte, ich weiß es nicht.

Ich hielt die Taschenlampen und leuchtete ihm, während er zwischen den Pilzen umherschritt, schwarzes Pulver aus einer Plastiktüte vom Baumarkt rieseln ließ und geheimnisvolle Linien damit markierte. Er zog sechs Wachsfackeln hervor, rammte sie entlang des Kreises in den Boden und zündete sie an, sich jedesmal in die entsprechende Himmelsrichtung verneigend. Es sah zum Angsthaben lächerlich aus.

Er winkte mich her, als alle Fackeln brannten, und deutete auf einen Punkt inmitten einiger Linien, die ein Pentagramm bildeten. »Setz dich da hin«, sagte er. »Da kann dir nichts passieren.«

Ich nickte nur und tat, was er gesagt hatte. Ich hätte kein Wort herausgebracht. Das Gras war naß vom Regen, als ich mich hinkniete, und der Boden kalt.

Norbert setzte sich in die Mitte des magischen Musters, hob die Arme und fing einen Singsang an aus Worten, die ich nicht identifizieren konnte, düsteren, rauhen Lauten, dem Bellen von Kettenhunden ähnlicher als menschlichen Stimmen. Ich will das Ritual nicht in Einzelheiten schildern, aber jedenfalls stand irgendwann eine metallene Schale vor ihm, und er hielt die Arme hoch, ein Messer in der rechten Hand und in der linken etwas, das sich bewegte. Mit jähem Entsetzen erkannte ich, daß es eine Maus war, eine lebendige Maus. Das hatte ich nicht gewußt, und ich wollte aufspringen und ihn davon abhalten, zu tun, was er ohne Zweifel zu tun vorhatte, aber ich brachte es nicht fertig. Ich saß da auf meinem Platz im Pentagramm wie festgewachsen und verfolgte mit grausiger Faszination, wie er der Maus den Kopf abtrennte, ihr mit grimmiger Entschlossenheit das Messer in die Kehle bohrte, während sie fiepte und sich wand und ihn aus ihren entsetzten schwarzen Knopfaugen ansah, wie der Blick dieser Augen dann erstarb und wie er ihr Rückgrat durchsäbelte und sie über die Schale hielt und ihr schwarzes Blut hineinlaufen ließ, sie regelrecht auspreßte wie eine pelzige Frucht. Ich bringe es nicht über mich, den Namen aufzuschreiben, den er anrief, dreimal, die Schale wie ein Opfer vor sich in die Höhe haltend.

Dann wartete er. Wir warteten. Nichts geschah.

Wären meine Nerven Klaviersaiten gewesen, man hätte Töne darauf zupfen können, hohe Töne, so gespannt waren sie. Ich wagte nicht, mich zu bewegen, und Norbert hielt die Schale, als wäre er zu einem Standbild erstarrt. Und dann …

Habe ich mir alles nur eingebildet? Jede Überlegung meines rationalen Verstandes kommt genau zu diesem Schluß. Aber sooft ich daran zurückdenke, sehe ich es wieder, höre ich es, spüre ich es. Wie sich eine Stille auf uns herabsenkte, eine kalte, schwere Stille, die die Waldlichtung zu einer düsteren Kathedrale werden ließ. Wie sich das Gras ringsum aufrichtete, jeder einzelne Grashalm, als bekäme die Erde selbst eine Gänsehaut. Wie die Luft erfüllt war von zitternder Elektrizität.

Was.

Es war keine Stimme, nicht wirklich, oder wenn, dann war sie leiser als eine Einbildung. Ich hielt den Atem an, ich merkte, wie Norbert den Atem anhielt, der ganze Wald schien den Atem anzuhalten.

Willst.

Es war eine Stimme, die unser Ohr umging, die direkt an unsere Seelen rührte, eine Stimme mit einem betäubenden, frostigen Klang.

Du.

Ich sah Norberts Rücken einsinken, als gebe er unter einem schrecklichen Gewicht nach. Ich sah seine Lippen zittern, als er sie zusammenpreßte. Dann hörte ich ihn sagen: »Ich begehre Irmina Langenstein zur Frau.«

Die Worte schienen von seinen Lippen zu wehen, hinaus in die Dunkelheit jenseits des Kreises, und dort aufgesogen zu werden, ehe sie die Bäume erreicht hatten. Dann herrschte wieder Stille, aber es war eine Stille voller Erwartung, eine lockende, verführerische Stille, als hätte uns eine übermenschliche Kraft gehört und wolle mehr hören.

»Und«, kam es aus Norberts Mund, »ich will reich sein. Ich will …«

Voller Schrecken fuhr ich hoch und nach vorn und stieß ihn gegen die Schulter. »Norbert, hör auf.«

Er zuckte zusammen und ließ die Schale mit dem Blut fallen, und in dem Augenblick, in dem das Blut den Boden netzte, verschwand der ganze Spuk. Plötzlich war die Nacht wieder voller Tierlaute, knackender Äste und tröpfelnder

Blätter, als hätte jemand eine unsichtbare Glocke von uns gehoben.

»Scheiße«, sagte er und wischte sich ein paar Tropfen Blut von der Hose. Er warf mir einen wütenden Blick zu. »Du hast mich rausgebracht. Ich war …«

»Es ging um Irmina«, erwiderte ich. »Das war es, was du wolltest, oder?«

»Ja.« Er nickte, schaute sich um. Die Fackeln, die Rußstriche auf dem dürren Gras – mit einem Mal sah das alles reichlich albern aus. »Meinst du, es hat gereicht?«

»Mir reicht es jedenfalls.« Ich stand auf und klopfte die nassen Stellen meiner Hose ab. »Komm, laß uns heimfahren und Wahrscheinlichkeitsrechnung büffeln.«

Ich weiß nicht, was Norbert für Vorstellungen hatte, wie der Zauber wirken sollte. Er ließ sich nichts anmerken, wollte nicht einmal mehr davon sprechen, was wir da gemacht hatten in dem Wald, aber ich hatte den Eindruck, daß er, wenn wir abends in der Wohnheimküche hockten, darauf wartete, daß Irmina einfach zur Tür hereinkam.

Irgendwann, eine Woche später vielleicht, kam ich ins Haus und hörte ihn in der Küche telefonieren. Ich leerte meinen Briefkasten und schlich die Treppe hoch, um mich zu vergewissern.

»Er ist nicht der Richtige für dich. Ich bin der Richtige für dich«, hörte ich ihn sagen, in einem Tonfall, als müsse er seinem besten Freund eine Dummheit ausreden. Aber es konnte nur Irmina sein, mit der er sprach. »Ich bin der Mann, den du heiraten solltest, nicht er. Das weiß ich einfach, wie ich nichts anderes im Leben weiß, und ich wollte es dir wenigstens einmal gesagt haben, ein einziges Mal und nie wieder. Ich wünsche dir trotzdem alles Gute und …« Mir kam zu Bewußtsein, daß ich lauschte, und ich machte, daß ich davonkam.

An diesem Abend kam er mir völlig gelöst vor. Wir konnten über Automatentheorie, Bundesliga und Politik reden, als gäbe es keine Irmina auf dieser Welt.

Dann geschahen die Wunder.

Irminas Tutor hatte trotz aller Heiratspläne, wie sich herausstellte, die Frauenwelt nicht gänzlich vernachlässigt. Es stellte sich heraus, weil er, angeblich auf einem Kongreß weilend, sich mit einer anderen Frau traf. Wie der Zufall es wollte, hielt sich nämlich in dem Hotel, in dem das Treffen stattfand, auch ein Kanzleramtsminister oder dergleichen auf, der den Medien just in dem Moment Rede und Antwort stand zum Fall des jüngst aufgeflogenen Atomschmuggels, als die beiden hinter ihm aus dem Aufzug traten. So konnte Deutschland zur besten Sendezeit die beiden engumschlungen im Hintergrund vorbeigehen sehen, in den Spätnachrichten noch einmal und auf anderen Kanälen in anderen Perspektiven. Es muß sehr heftige Szenen gegeben haben im Hause Langenstein, nicht zuletzt, weil die Eltern einen Ruf zu verlieren hatten, kurzum, die Verlobung wurde gekündigt, Türen flogen, Dinge gingen zu Bruch, und am Ende raste der Tutor in seinem Alfa Romeo, der Jahreszeit entsprechend mit geschlossenem Verdeck, davon. Die Kombination von bebenden Nerven und frühem Glatteis ließ seine Fahrt unter einem Sattelschlepper enden, in einem Alptraum aus zerfetztem Blech, den auseinanderzusägen die Feuerwehr mehrere Stunden beschäftigte. Obwohl man Irmina davon abhalten wollte, bestand sie darauf, die verschiedenen Überreste des Tutors zu sehen. Noch in der Leichenhalle bekam sie eine Fehlgeburt. Und einen Tag vor Weihnachten trat sie durch die Tür der Wohnheimküche, um Norbert das alles zu erzählen.

Die beiden heirateten kurz nach Ostern. Ich war Trauzeuge. Als Norbert mich nach der Feier verabschiedete, gab er mir ein schmales kleines Päckchen mit, in schneeweißes Geschenkpapier eingehüllt. »Du bist der Büchersammler von uns beiden«, meinte er.

Die Jahre vergingen. Aus Ruanda hörte man von Massakern, in Israel wurde Yitzhak Rabin ermordet, in Tokio setzte eine Weltuntergangssekte Giftgas in der U-Bahn frei. Belgien entpuppte sich als Land der Kinderschänder, der Schachweltmeister verlor gegen eine Maschine, auf dem Balkan herrschte Krieg. Das Ende des Jahrhunderts nahte unaufhaltsam.

Ich schloß mein Studium ab, fand einen Job und lernte Fabienne kennen, die zuerst nichts von mir wissen wollte, mich aber schließlich doch heiratete, fast auf den Tag genau ein Jahr nach Norberts Hochzeit. In den folgenden Jahren waren wir mit Kinderkriegen und Hausbauen beschäftigt, und wie es eben so geht, irgendwann stellte ich fest, daß ich vergessen hatte, Norbert und Irmina die übliche Weihnachtskarte zu schicken, und da sie auch uns keine mehr geschickt hatten, hakte ich die Beziehung als eingeschlafen ab. Was ich noch mitbekommen hatte, war, daß Norbert, der mehr oder weniger gezwungenermaßen in das Geschäft seiner Schwiegereltern eingetreten war, nach einem Schlaganfall des Seniors die Firma ganz übernommen hatte, innerhalb weniger Jahre zum Marktführer in der Gegend wurde und mindestens zehnmal so viel Geld machte, wie er als Informatiker jemals hätte verdienen können. Bei meinem letzten Besuch erzählte er mir eine Menge über Grundstücksspekulationen, Bauträgerschaften und Steuersparmodelle. Ich kapierte nicht einmal ein Viertel davon, und da er sich zu einem ziemlich arroganten Wichtigtuer entwickelt hatte, sah ich von weiteren Besuchen ab.

Mir ging es gut in der Zeit, der Job machte Spaß, und ich hatte Glück mit ein paar Aktienspekulationen, so daß wir unser Haus früher abzahlen konnten als geplant. Das Jahr 2000 rückte näher, und alle Welt verfiel in Panik, die Computer könnten an Neujahr anfangen, verrückt zu spielen. Goldene Zeiten für Programmierer brachen an, abgesehen von den Nachtschichten, die das mit sich brachte. Zum ersten Mal im

Leben mußten wir uns über die Feinheiten der Schaltjahresregeln Gedanken machen – alle vier Jahre, bei glatten Jahrhunderten aber nicht, bei glatt durch vierhundert teilbaren Jahren aber doch wieder, und so weiter. Mein Kollege Wolfram, genannt *Der Hundertfünfzigprozentige*, nahm das zum Anlaß, sich umfassend über alle Kalender kundig zu machen, die die Menschheit jemals entwickelt hatte, und uns in jeder Mittagspause an seinem Wissen teilhaben zu lassen. So lernten wir den hebräischen Kalender kennen, den muslimischen, den Kalender der Mayas und Azteken, die Zeitrechnung der alten Chinesen und so weiter und so fort.

Eher beiläufig erwähnte er etwas, das mir das Blut in den Adern gefrieren ließ.

Etwas so Naheliegendes. Etwas, das man hätte wissen können. Wahrscheinlich hatten wir es sogar in der Schule gehabt und bloß nicht aufgepaßt. Etwas, das mich veranlaßte, wenige Tage darauf spätabends in Norberts weitläufiger Villa auf seiner ledernen Couchgarnitur zu sitzen. Es war wieder Ende Oktober. Wieder Halloween.

»Zigarre?« bot Norbert mir eine Schachtel Havannas an.

Ich lehnte ab. »Ist Irmina nicht da?« fragte ich, während er sich das dicke braune Ding umständlich anzündete.

»Nein«, sagte er, wedelte das Streichholz aus und begann zu paffen. »Kommt erst morgen wieder. Ist mit den Kindern bei einer Freundin, die eine Halloween-Party veranstaltet. Interessant, wie sie den Leuten in den letzten Jahren Halloween als Anlaß zum Geldausgeben eingeredet haben, findest du nicht? Bei den Kindern wirkt es jedenfalls schon. Die sind heutzutage völlig verrückt nach Halloween.«

»Halloween«, wiederholte ich beklommen. »Deswegen bin ich hier.«

»Wegen *Halloween*?«

Er nahm die Zigarre aus dem Mund, starrte mich ungläubig an und brauchte eine ganze Weile, bis ihm einfiel, was ich meinen konnte. »Ach so. Unser kleines Gruselabenteuer damals. Das war ganz schön verrückt, was?«

»Das war es allerdings.«

»Schon ’ne ganze Ecke her. Das müssen jetzt …«

»Sieben Jahre«, sagte ich.

»Es war vor genau sieben Jahren.«

Er hielt inne, rechnete nach. »Ja. Stimmt.«

»Sieben Jahre. Du weißt doch, was in den Märchen über einen Pakt mit dem Teufel steht – nach sieben Jahren kommt er und holt deine Seele.«

Norbert sah mich forschend an, suchte nach Zeichen beginnender Geistesgestörtheit und fing schließlich an, breit zu grinsen. »Du vergißt, daß damals Halloween war. Und an Halloween kann man den Teufel um Beistand bitten, ohne daß es einen die Seele kostet.« Er beugte sich vor, streifte die Zigarrenasche in einen schweren, teuer aussehenden Aschenbecher und grinste noch breiter. »Das ist wie mit dem Finanzamt. Man muß die Schlupflöcher kennen, dann kommt man davon.«

»Aber man darf sich nicht verschätzen dabei, oder?«

»Richtig. Sonst kann man am Ende ziemlich blöd dastehen.«

Ich nickte und faltete die Hände. Wie zum Gebet. »Wir benutzen«, sagte ich, »heute den Gregorianischen Kalender. Er wurde von Papst Gregor dem Dreizehnten eingeführt, weil der Julianische Kalender, der bis dahin gegolten hatte, zu ungenau war. Die Einführung geschah, indem auf den 4. Oktober 1582 der 15. Oktober folgte – die zehn Tage dazwischen fehlen. Es hat sie nie gegeben. Um diese zehn Tage ist der Kalender verschoben worden.«

»Macht man sich in der Softwareindustrie neuerdings über solche Dinge Gedanken?«

»Verstehst du nicht? Du kannst nicht davon ausgehen, daß Halloween – das wirkliche Halloween, das keltische Samhain – tatsächlich dem 31. Oktober unseres heutigen Kalenders entspricht. Die Kalender sind alle gegeneinander verschoben, der Gregorianische gegen den Julianischen, und der keltische … Ich weiß nicht, was für einen Kalender die Kelten hatten, aber die Wahrscheinlichkeit, daß *Samhain* tatsächlich mit unserem 31. Oktober identisch ist, steht mindestens dreißig gegen eins.«

Norbert sog an seiner Zigarre wie ein hungriges Baby an seiner Flasche, versuchte einen Rauchring zu blasen, brachte aber bloß eine verzitterte Wolke zustande. »Man könnte meinen, du glaubst den ganzen Quatsch wirklich.«

»Irmina hast du gekriegt, oder? Und reich bist du auch geworden.« Ich hätte noch mehr sagen können, etwas, von dem er nichts wußte, aber ich behielt es für mich.

Die Türglocke unterbrach uns mit einer Folge tiefer, melodischer Gongschläge. Norbert legte die Zigarre weg und stand auf. »Das geht heute schon den ganzen Abend so«, sagte er, griff nach einem bereitstehenden Korb voller Süßigkeiten und ging hinaus.

Man hörte das Gekicher und Gegacker von Kindern, als er die Haustür öffnete.

»Was meinen Reichtum anbelangt«, sagte er danach, »den habe ich mir hart erarbeitet. In jedem Stein dieses Hauses stecken mein Blut, mein Schweiß und meine Tränen. Du warst immer angestellt, du weißt nicht, wie das ist als Unternehmer … Und Irmina? Ich habe sie gewonnen, weil ich hartnäckig war. Und ehrlich. Ich habe sie damals angerufen, weißt du, kurz bevor all diese Dinge passiert sind, und habe ihr Glück gewünscht, und dabei habe ich ihr einfach gesagt, daß ich der Richtige für sie bin, meine ehrliche Meinung. Ich glaube, das war es, was den Ausschlag gegeben hat.«

Ich weiß nicht mehr, was wir an dem Abend noch im einzelnen redeten. Er holte eine Flasche Wein und dann noch eine, und irgendwann waren wir wieder bei Grundstückspreissen und Zinssätzen. Ich weiß auch nicht mehr genau, wie spät es war, als es zum letzten Mal an der Haustür klingelte, aber jedenfalls murrte Norbert etwas wie »unglaublich, daß manche Leute ihre Kinder so spät abends noch durch die Gegend rennen lassen«, als er mühsam aufstand und mit dem fast geleerten Korb hinausschlappte.

Das erste, was ich wahrnahm, war, daß das Leder der Couch knisterte. Als wolle sich die Füllung darin ausdehnen. Dann sah ich, wie etwas mit dem Teppich geschah, und das Gras fiel mir wieder ein, das sich aufgerichtet hatte, als bekäme die Erde Gänsehaut, damals.

»Norbert?«

Jedes einzelne Atom der Luft schien mit einem Mal im Bann eines übermächtigen Kraftfeldes zu stehen, die dunstigen Rauchpartikel darin sich im Rhythmus eines übermenschlichen Pulsschlags zu bewegen. Ich stand auf, bewegte mich zur Tür, als sei mein Körper nicht mehr meinem Willen unterstellt. Ich glaubte ein Geräusch zu hören, das klang wie das schwere Atmen eines Millionen Jahre alten, Millionen Tonnen schweren Wesens.

Es kam aus der Vorhalle. Die Haustür stand offen. Der Korb lag auf dem Boden, die Bonbons in weitem Umkreis verstreut. Ein fahles, abscheuliches Licht fiel von draußen herein, ein Licht, das den Farben die Kraft zu stehlen schien, das eine graue Spur in die Welt fraß, wo immer es auftraf.

Als ich auf die Haustür zuging, entfernte es sich, langsam und schwankend.

Ich schwöre, die Spur, die später auf dem Marmor des obersten Absatzes eingepreßt gefunden wurde, war der Abdruck eines Hufes, und seine Ränder brannten noch, als ich daran vorbeikam. Das Licht löste sich auf, war rund um die Villa und die Auffahrt verteilt wie feiner, körniger Nebel, den der Wind verwehte in Richtung des Waldes.

Erst jetzt kam es mir zu Bewußtsein, wie nahe dieses Haus

jenem Wald, *jener* Lichtung war. Der Ort war gewachsen, nicht zuletzt durch Norberts Anstrengungen, und schließlich hatte er seine Villa hierher gebaut, als wäre er einer Kraft entgegengegangen, der er ohnehin niemals hätte entkommen können.

Mit dem Auto waren es keine fünf Minuten. Ich fuhr so weit in den Wald hinein, wie ich konnte, sah wieder dieses böse, hungrige Licht und wußte, daß es von der Lichtung kommen mußte. Als ein umgestürzter Baum den Weg versperrte, ließ ich den Wagen stehen, schlug mich quer durch das Gebüsch, ließ mich von Ästen schlagen und zerkratzen. Ich hatte nicht die Spur einer Idee, was ich dort auf der Lichtung machen würde, aber ich rannte, als gelte es mein Leben.

Erst als ich den Schrei hörte, blieb ich stehen.

Es war ein Schrei, der einem das Herz im Leibe stehenbleiben lassen konnte, ein Schrei von so unmenschlicher Fremdheit, von so entsetzlicher Verzweiflung, daß man zu Stein erstarren wollte vor Grauen. Keines Menschen Ohr hat jemals einen solchen Schrei gehört, wenn es überhaupt mein Ohr war, das diesen Schrei vernahm, und nicht mein Herz. Ich blieb stehen und wußte, daß es vorbei war. Im nächsten Augenblick erlosch das Licht.

Ich weiß nicht, was dann geschah. Ich erinnere mich, daß ich zusammengekauert neben einem Baum hockte, als es hell wurde, frierend und bis auf den Grund meiner Seele erschöpft. Nebel hing zwischen den Bäumen, und Wasser tropfte von den Ästen herab. Ich schritt die Lichtung ab, auf der das Gras bleich und tot war und zerfiel, wenn man es berührte. In der Mitte war der Boden kahl und verbrannt, von einem alten, verwitterten Lagerfeuer vielleicht oder weil die Erde sich aufgetan hatte, um jemanden zu verschlingen. Ich sah Spuren, die Kratzspuren von Fingern hätten sein können von jemand, der über den Boden geschleift wird und sich mit aller Kraft dagegen wehrt.

Neben den Kratzspuren fand ich ihn dann, den Ring. Ein

dicker, goldener Ehering. *Irmina 23.4.1993* stand darin eingraviert. Ich steckte ihn in die Tasche und ging.

»Eine vorgetäuschte Entführung«, war sich der Kommissar sicher, der mich befragte und mit meinen kargen Auskünften zufrieden war. »Gegen Norbert Brandes laufen seit längerem Ermittlungen wegen Bestechung, Subventionsbetrug und Steuerhinterziehung. Er ist vermutlich untergetaucht.«

Meine Hand schloß sich um den Ring in meiner Tasche, und ich sagte nichts.

Am nächsten Tag kündigte ich in meiner Firma, ging zur Bank, löste mein Aktiendepot auf, schloß eine Lebensversicherung zu Fabiennes Gunsten ab, die sie für den Rest ihres Lebens absichern würde, erledigte dies und das und legte am Abend eine dicke Mappe auf den Tisch, auf der ein bunter Globus prangte.

»Was ist das?« wollte sie wissen.

»Die Unterlagen für eine Weltreise. Laß uns nicht länger damit warten«, sagte ich und hoffte, daß sie die Angst nicht spürte, die wie eine eiserne Last auf meinem Herzen lag. Ich wollte tun, was in meiner Macht stand, damit sie niemals etwas davon spüren würde in dem Jahr, das mir noch blieb.

Sabine Prilop

Die Ursprünge von Halloween

Halloween war ein Fest der keltischen Druiden. Die Nacht vom 31. Oktober auf den 1. November symbolisierte im keltischen Kalender den Jahreswechsel, den Übergang von der warmen zur kalten Jahreszeit. Die heidnischen Kelten ließen am Vorabend des Samhainfestes Feuer von den Hügeln in den Himmel lodern, um den Winter zu begrüßen und böse Geister abzuschrecken. Sie löschten die Herdfeuer, um sie zum Zeichen des neuen Jahres erneut zu entzünden.

Das heutige Halloween hat seinen Ursprung in Irland. Dort veranstalteten die Druiden das »Festival of Samhain«. Sie ehrten damit den Todesfürsten Samhain, von dem sie glaubten, daß er in dieser Nacht die Seelen der im Laufe des Jahres Verstorbenen sammelte.

Irische Einwanderer waren es, die das Halloweenfest in die Vereinigten Staaten brachten. Dort herrscht bis in die heutigen Tage ein wahrer Halloween-Kult. Häuser werden mit Lichterketten geschmückt, die ein trübes, unheimliches Licht verbreiten, und hinter den Fensterscheiben glotzen hohläugige Fratzen in die Dunkelheit. Es sind ausgehöhlte Kürbisse, in die dämonische Gesichter geschnitten wurden. Brennende Kerzen beleuchten die Früchte von innen.

Die Industrie liefert weitere Symbole dieser Nacht. Mit ihnen werden die Festräume geschmückt und verkleiden sich die Partygäste: Hexen, Teufels- und Dämonenkostüme, Eulen, Fledermäuse und knochenklappernde Skelette.

Für die Kinder ist Halloween die Nacht der Streiche. Sie ziehen von Haus zu Haus und drohen allerlei Schabernack an, wenn die Bewohner sie nicht mit Süßigkeiten beschenken: »trick or treat« ist dabei der Schlachtruf der Knirpse.

Ob dieser Brauch – Naschwerk oder boshafte Scherze – bei

uns in Deutschland auf Gegenliebe treffen würde, mag dahingestellt bleiben. Die ausgelassenen Partys mit phantastischen Verkleidungen und schaurigen Dekorationen allerdings werden hierzulande immer beliebter. Der tiefere Sinn dieser Maskeraden liegt in der mythischen Vorstellung, daß in der Nacht zum 1. November die Tore zwischen der Welt der Lebenden und der Toten geöffnet werden. Die Toten dürfen sich auf den Weg machen, um in den Körper eines Lebenden zu schlüpfen. Daher staffieren die Menschen sich und ihre Häuser so abschreckend wie möglich aus, um sich vor den Geistern zu schützen.

Auch die Kürbislaterne, das Irrlicht, das der Kenner »Jack-O'Lantern« nennt, flackert Jahr für Jahr in immer größerer Zahl in unseren Fenstern und Gärten.

Über den Namensgeber, Jack, erzählt man sich folgende Geschichte: Der alte Mann soll ein Trinker und Betrüger gewesen sein. Daher wurde ihm nach seinem Tod der Zutritt in den Himmel verwehrt. Zur Strafe sollte er für alle Ewigkeit durch völlige Dunkelheit wandern. Auch in der Hölle wurde er abgewiesen, doch der Teufel schenkte ihm als einzige Lichtquelle einen Funken, der in einem Kürbis steckte.

Viele dieser Funken glimmen am Abend vor Allerheiligen, dem Abend, dem das Fest seinen Namen verdankt. Auf Englisch heißt er »All Hallows' Even«, und daraus wurde Halloween.

Marie Trevelyan

Die läutende Glocke

In der alten, auf das fünfte Jahrhundert zurückgehenden walisischen Universitätsstadt Llantwit Major läutet, wie es heißt, die Totenglocke, ohne daß menschliche Hände sie berühren, wenn ein Mitglied der Gemeinde im Sterben liegt. Und zwar hört man das Läuten häufig über dem Haus oder in seiner Richtung, in dem ein Bewohner bald sterben wird. Manche Leute sagen auch, daß man vor einem Begräbnis ein unerklärliches Rumoren auf dem Kirchhof vernimmt, auf dem der heilige Iltutus begraben liegt, und daß außerdem jemand, der den Mut hat, in einer der *Teir nos Ysprydion* – der drei Geister-Nächte – durch das Schlüsselloch der Kirchentür zu spähen, die Schemen aller Gemeindemitglieder erblickt, die im kommenden Jahr aus dem Leben scheiden werden. Auch Blaenporth in Cardiganshire ist dafür bekannt, daß dort vor Todesfällen in der Gemeinde die Sterbeglocke von selbst läutet. Wenn sie um zwölf Uhr mittags oder um Mitternacht drei Schläge tut, stirbt ein einflußreiches Mitglied der Gemeinde.

Die »drei Geister-Nächte«, in denen nach der Überlieferung in Wales die Seelen der Verstorbenen auf die Erde zurückkehren dürfen, sind die Nächte vor Allerheiligen, Weihnachten und Neujahr.

Edgar Allan Poe

Die Maske des Roten Todes

Lange Zeit hatte der Rote Tod das Land entvölkert. Nie zuvor hatte eine Seuche so furchtbar und unbarmherzig gewütet. Blut war ihr Antlitz und ihr Siegel die schauerliche Röte des Blutes. Es begann mit qualvollen Schmerzen und plötzlichen Schwindelanfällen, dann traten starke Blutungen aus allen Poren ein, und das Ende war der Tod. Scharlachrote Flecken auf dem ganzen Körper, besonders aber im Gesicht, waren die Symptome, die jeden Erkrankten kennzeichneten, und diese Brandmale schlossen ihn augenblicklich von der Hilfsbereitschaft und dem Mitleid der menschlichen Gesellschaft aus. Die ganze Krankheit, vom ersten Anfall bis zum tödlichen Ausgang, währte nicht länger als eine halbe Stunde.

Prinz Prospero aber war glücklich, furchtlos und voll Kühnheit. Als seine Provinzen halb entvölkert waren, entbot er eine Kumpanei von etwa tausend lebenslustigen Leuten aus dem Kreise seiner Höflinge und der Damen des Hofes zu sich und zog sich mit ihnen in die tiefe Abgeschlossenheit eines seiner befestigten Schlösser zurück. Es war das ein weitläufiges und prächtiges Gebäude, eine Schöpfung nach des Prinzen eigenem, ein wenig exzentrischem, aber großartigem Geschmack. Eine starke und hohe Mauer mit schweren, ehernen Toren umgab das Schloß. Als die Gäste des Prinzen eingezogen waren, brachte man Feueressen und Hämmer herbei und schmiedete die Riegel der Tore zu, denn es sollte ebensosehr das Eindringen der Seuche und der Verzweiflung verhindert werden, wie man verhüten wollte, daß die Kunde von der tollen Lustbarkeit im Inneren des Schlosses nach draußen gelangte. Mit Lebensmitteln hatte man sich reichlich eingedeckt. Durch diese Vorsichtsmaßnahme glaubte sich der Hof vor aller Ansteckungsgefahr vollkommen sicher. Mochte die Welt da draußen für sich selber sorgen. Ein Narr, der sich mit Sorgen und trüben Gedanken quälte! Der Prinz bemühte sich, seine Gäste durch Unterhaltungen aller Art zu zerstreuen. Da waren Spaßmacher und Stegreifkomödianten, Tänzer und Musiker, die schönsten Frauen und die besten Weine. Innerhalb dieser Mauern regierten der Frohsinn und die Sicherheit und Sorglosigkeit. Draußen aber triumphierte der Rote Tod.

Gegen Ende des fünften oder sechsten Monats, nachdem die lustige Gesellschaft das Schloß bezogen hatte – die Seuche wütete gerade am fürchterlichsten –, lud Prinz Prospero seine Gäste zu einem Maskenfest von ganz ungewöhnlicher Pracht.

Dieses Fest war ein Schauspiel von berauschender Sinnlichkeit. Zuerst aber will ich die Räumlichkeiten beschreiben, in denen es stattfand. Es waren sieben Säle von wahrhaft fürstlicher Pracht. In den meisten Palästen mögen solche Räume eine einzige lange Durchsicht gewähren, da man gewöhnlich die Verbindungstüren fast bis an die Wand zurückschieben kann, so daß das Auge die ganze Zimmerflucht mit einem einzigen Blick übersieht. Hier aber war die Anordnung völlig anders getroffen; vermutlich sprach auch daraus die Vorliebe des Prinzen für das Ungewöhnliche. Die Säle waren so unregelmäßig gebaut, daß man von kaum einem Punkt aus mehr als einen einzigen Raum überblicken konnte. Nach zwanzig oder dreißig Schritten gelangte man zu einer scharfen Biegung, an der sich jedesmal dem Auge ein völlig neuer Anblick darbot. In jedem Zimmer befand sich zur Rechten und Linken in der Mitte jeder Wand ein hohes, schmales, gotisches Fenster, das sich auf einen geschlossenen Säulengang öffnete, der den Windungen der Zimmerflucht folgte. Die Scheiben dieser Fenster waren aus buntem Glas, dessen Farbe mit der Grundfarbe des betreffenden Zimmers harmonierte. Das Zimmer am östlichen Ende des Schlosses war in Blau gehalten, und so waren auch dessen Fensterscheiben tiefblau gefärbt. Der zweite Saal war mit purpurroten Wandbespannungen und Zieraten ausgeschmückt, infolgedessen waren auch die Scheiben purpurrot. Der dritte Saal war, wie die Fenstergläser, ganz in Grün gehalten, der vierte war orangegelb, der fünfte weiß und der sechste violett. Der siebente Saal war mit schwarzem Samt ausgeschlagen, der die Decke umdüsterte und in schweren Falten auf den gleichfalls schwarzen Samtteppich, der den Boden bedeckte, niederfiel. Einzig und allein in diesem Zimmer entsprach die Farbe der Fensterscheiben nicht der der übrigen Ausstattung: sie waren rot, rot wie Blut. In keinem der sieben Säle war unter der Fülle von goldenen Prunkstücken, die überall herumstanden und von der Decke herunterhingen, eine Lampe oder ein Kandelaber zu entdecken. Keine einzige Lichtquelle war in den sieben Räumen angebracht, kein Lüster, keine Kerze, keine Ampel. Im Säulengang aber, der die ganze Zimmerflucht begleitete, stand vor jedem Fenster ein massiver Dreifuß, in dem ein Kohlenfeuer loderte, das seine Strahlen durch das bunte Glas in das Zimmer warf, ein blendendes Licht ausstrahlte und eine stets wechselnde, phantastische Beleuchtung hervorbrachte. Im schwarzen Saal, der am westlichen Ende des Gebäudes lag, war die Wirkung, die das feurige Licht der blutroten Scheiben auf der schwarzen Wandbespannung erzeugte, so gespenstisch, sie gab den Gesichtern der Eintretenden ein so gräßliches Aussehen, daß nur wenige kühn genug waren, ihren Fuß über die Schwelle dieses Raumes zu setzen.

An der Westwand dieses Zimmers stand eine riesige Uhr aus Ebenholz, deren Perpendikel mit dumpfem, schwerem, monotonem Schlag hin und her schwang. Und jedesmal, wenn der Minutenzeiger den Kreis auf dem Zifferblatt vollendet hatte und eine Stunde verronnen war, drang aus der metallenen Brust der Uhr ein lauter, voller, wunderbar melodiöser Ton von so besonderem Klang, von solchem Nachdruck und solcher Eigenart, daß die Musiker, sooft das Uhrwerk eine volle Stunde anzeigte, wie einem inneren Zwang folgend, stets eine Pause machten, um diesem wundersamen Ton zu lauschen. Und so verstummten denn die Walzer für eine Weile, und ein vorübergehendes Unbehagen erfaßte plötzlich die ganze fröhliche Gesellschaft. Die Übermütigsten erbleichten beim Klang der Glockenschläge, während die Älteren und Gesetzteren sich mit der Hand über die Stirn strichen, als wären sie von wirren Träumen und tiefem Nachdenken benommen. Kaum aber war der letzte Glockenschlag verhallt, so ging ein fröhliches, sorgloses Lachen durch die Gesellschaft, die Musiker sahen einander an, und es schien fast, als belächelten sie ihre eigene Torheit und Nervosität; flüsternd gelobten sie sich, beim nächsten Stundenschlag nicht wieder diese Unruhe in sich aufkommen zu lassen. Doch wenn die sechzig Minuten verstrichen waren, jene dreitausendsechshundert flüchtigen Sekunden, und die Uhr von neuem schlug, da erfüllte dasselbe Zittern und Zagen, dasselbe Unbehagen den ganzen Saal.

Abgesehen davon aber war es ein überaus fröhliches und prächtiges Fest. Der Prinz besaß einen ausgefallenen Geschmack. Er liebte Farbenpracht und Farbwirkungen und war ein Feind davon, mit Hilfe billiger Requisiten Effekte zu erzielen. Er trug sich stets mit kühnen, kraftvollen Plänen, und seine Gedanken sprühten von einem eigenartig exotischen Geist. Es gab Leute, die ihn für verrückt hielten, seine Anhänger aber wußten, daß das durchaus nicht der Fall war. Tatsächlich aber war es nötig, ihn zu sehen, ihn reden zu hören und sich in seiner Gesellschaft zu bewegen, um sich dessen völlig klarzuwerden.

Anläßlich dieses fabelhaften Festes hatte er zum großen Teil selbst angeordnet, wie die sieben Zimmer zu dekorieren seien, und auch die Maskenkostüme verdankten ihren Charakter seinem eigenwilligen, persönlichen Geschmack. Sie waren freilich auch im höchsten Grade wunderlich. Sie bildeten ein Chaos von Farbenpracht und Glitzern, von reichster Phantasie und scharfem Witz, wie man es ganz ähnlich seither oft in dem Drama *Hernani* gesehen hat. Da gab es wunderliche Gestalten mit seltsam verrenkten Gliedern in grotesken Kleidern, und man hätte meinen können, das Ganze sei die Ausgeburt eines wahnwitzigen Gehirns. Da war vieles, das wunderbar, üppig, bizarr wirkte, manches aber auch, das Entsetzen weckte, und einige wenige Dinge mochten wohl auch Ekel hervorrufen. Es war, als ob in den sieben Zimmern eine Versammlung wüster Traumfiguren hin und her wogte. Und diese Traumfiguren kamen und gingen und ergriffen Besitz von den Räumen, und die wilde Musik des Orchesters schien der Widerhall ihrer Schritte zu sein. Und mitten hinein in das Treiben erklingt der Schlag der Ebenholzuhr, und plötzlich ist alles still geworden, alles schweigt, und nichts ist mehr zu vernehmen als der Klang der Uhr. Wie in Erstarrung machen die Traumgestalten halt. Aber sobald der Hall der Glockenschläge verstummt ist, die nur einen Augenblick den Raum beherrscht haben, erklingt ein leises, halb unterdrücktes Gelächter, das ihr Verklingen zu begleiten scheint. Und nun setzt die Musik wieder ein, und die Traumgestalten bewegen sich von neuem und wogen durcheinander, streifen noch fröhlicher als bisher an den buntfarbigen Fenstern entlang, durch die das Licht von den Dreifüßen hereinfällt. Nur den letzten Saal, der am westlichen Ende der Zimmerflucht liegt, wagt keine der Masken mehr zu betreten. Die Stunden verrinnen, und ein rötliches Licht ergießt sich durch die Scheiben, die wie von Blut übergossen erglänzen; das tiefe Schwarz der nachtdunklen Draperien geht in ein fahles Grau über, und wer den Mut findet, den schwarzen Teppich zu betreten, dem scheint die Ebenholzuhr mit feierlicher Strenge etwas zuzuraunen, das die Ohren derer nicht hören, die sich in den anderen Zimmern ungebundener Lust hingeben. In diesen anderen Räumen herrschte dichtes Gewühl, und es war, als schlüge darin das Herz des Lebens wie im Fieber. Der Trubel schwoll mehr und mehr an, bis zuletzt die Uhr anhob, Mitternacht anzusagen. Da aber setzte abermals, wie wir es schon geschildert haben, die Musik aus, die Bewegung der Tänzer erstarrte, und alle Dinge schienen wie in Ketten geschlagen. Alles war wie früher, wenn die Uhr die volle Stunde anzeigte, nur daß diesmal zwölf Schläge erklangen, und vielleicht war diese größere Zeitspanne schuld daran, daß sich in die Mienen mancher Gäste ein seltsam gedankenvoller Ausdruck stahl. Und vielleicht blieb ihnen deshalb, ehe der Klang des letzten Glockenschlages verhallt war, auch mehr Zeit, mitten im Gewühl eine Maske zu bemerken, die keinem von ihnen bisher aufgefallen war. Und als einer den andern wispernd auf die Anwesenheit des Rätselhaften aufmerksam gemacht hatte, schwoll ein Flüstern, ein Murmeln an, das Tadel und Befremden ausdrücken sollte und sich bald in Furcht, Grauen und Ekel wandelte.

In einer Gesellschaft phantastischer Gestalten, wie ich sie geschildert habe, konnte natürlich nur eine Erscheinung von ganz ungewöhnlichem Aussehen diese ungeheure Wirkung hervorbringen. Tatsächlich war ja jedem weitestgehende Freiheit gegeben worden, sich zu maskieren; aber die Gestalt, von der ich spreche, hätte sogar einen Herodes übertroffen und ging weit über das hinaus, was in den Absichten des Prinzen lag. Auch in den Herzen der übermütigsten Menschen gibt es Saiten, an die man nicht rühren soll; selbst für einen völlig Verlorenen, dem Tod und Leben nicht mehr bedeuten als ein Spaß, gibt es manches, das er nicht verspottet sehen möchte. Tatsächlich schien die ganze Gesellschaft nur eins zu empfinden: daß in der Kleidung und dem Gehaben des Fremden weder Witz noch origineller Geist lagen. Er war hochgewachsen und hager und von Kopf bis Fuß in ein Leichengewand gehüllt. Sein Gesicht war durch eine Maske verdeckt, die den Zügen eines Gesichtes in der Totenstarre so genau nachgebildet war, daß auch der schärfste Blick die Täuschung wohl schwerlich durchschaut hätte. Das alles aber wäre vielleicht

von den tollen Festgästen hingenommen, wenn auch nicht gebilligt worden, hätte der Vermummte es nicht so weit getrieben, den Roten Tod darstellen zu wollen. Die Leichentücher, in die er gehüllt war, starrten von Blut, und seine mächtige Stirn und sein ganzes Gesicht waren von den entsetzlichen scharlachroten Spuren entstellt.

Als Prinz Prospero diese spukhafte Erscheinung erblickte, die, wie um ihre Rolle noch besser zu spielen, mit langsamen, gravitätischen Bewegungen zwischen den Tanzenden einherstelzte, schauderte er im ersten Moment, sei es aus Entsetzen, sei es aus Ekel. Im nächsten Augenblick aber übergoß sich seine Stirne mit Zornesröte, und er fragte mit rauher Stimme die Höflinge, die ihn umstanden: »Wer wagt es, uns durch diesen lästerlichen Scherz zu beleidigen? Ergreift ihn! Demaskiert ihn, damit wir wissen, wen wir bei Sonnenaufgang auf den Zinnen des Schlosses aufzuknüpfen haben!«

Prinz Prospero stand im östlichen oder blauen Zimmer, als er diese Worte sprach. Man hörte sie in aller Klarheit durch alle sieben Räume dringen, denn der Prinz war ein Mann von imposanter Größe, und auf ein Zeichen seiner Hand war die Musik verstummt.

Im blauen Zimmer war es, wo der Prinz inmitten einer Gruppe bleicher Höflinge stand. Als er das Wort ergriffen hatte, schien es zuerst, als wollte sein Gefolge sich dem Eindringling nähern, der unweit des Prinzen stand und nun mit bedächtigem und stolzem Schritt auf den Sprecher zukam. Das namenlose Entsetzen aber, das die ganze Gesellschaft angesichts der wahnsinnigen Anmaßung des Vermummten gepackt hatte, lähmte die Gäste derart, daß niemand fähig war, Hand an ihn zu legen. So gelang es ihm, ungehindert bis auf eine Entfernung von zwei Ellen an den Prinzen heranzukommen, und während die Gäste, die ein und dasselbe Gefühl beherrschte, sich ausnahmslos an die Wände der Säle drängten, schritt er unaufhaltsam, doch stets in derselben gravitätischen, feierlichen Art, die man vom ersten Augenblick an ihm beobachtet hatte, durch das blaue Zimmer, und von da ins purpurfarbene, in das grüne, in das orangegelbe, in das weiße und zuletzt in das violette, bevor jemand eine Bewegung hätte machen können, ihn zurückzuhalten. Da aber eilte Prinz Prospero in höchster Wut und voll Scham über seine momentane Feigheit durch die sechs Zimmer, ohne daß irgendwer seiner Gäste, die ein tödlicher Schreck ergriffen hatte, gewagt hätte, ihm zu folgen. Er hielt einen gezückten Dolch hoch empor und hatte sich in rasendem Ungestüm dem Dahinschreitenden schon auf wenige Schritte genähert, als dieser, der eben das Ende des samtbespannten Gemaches erreicht hatte, sich plötzlich seinem Verfolger zuwandte und Auge in Auge mit ihm stehenblieb. Man hörte einen gellenden Schrei. Blitzend fiel der Dolch auf den schwarzen Teppich, auf den unmittelbar darauf der Prinz Prospero tot niedersank. Da erst warf sich eine Schar der Gäste mit dem Mut der Verzweiflung in das schwarze Gemach. Sie ergriffen den Vermummten, dessen hohe Gestalt aufrecht und reglos im Schatten der Ebenholzuhr stand, schrien aber in maßlosem Grauen auf, als sie gewahr wurden, daß die Leichengewänder und die Totenmaske, die sie mit roher Gewalt anfaßten, eine körperlose Gestalt umhüllten.

Da wußten sie mit einemmal, daß der ungebetene Gast niemand anders war als der Rote Tod. Er war gekommen wie ein Dieb in der Nacht. Und einer nach dem andern sanken die Gäste in ihren blutüberströmten Festgewändern zu Boden und verschieden in der verzweiflungsvollen Stellung, in der sie niedergesunken waren. Das Ticken der Ebenholzuhr aber verstummte, als der letzte Seufzer der Sterbenden verklungen war. Die Flammen der Dreifüße erloschen, und Dunkelheit und Verwesung breiteten sich über dem ganzen Schloß aus, in dem der Rote Tod nun unumstritten sein Zepter schwang.

II. Walpurgisnacht.

Auf dem Tanzplatz der Hexen

Johann Wolfgang von Goethe

Die Hexen zu dem Brocken ziehn,
Die Stoppel ist gelb, die Saat ist grün.
Dort sammelt sich der große Hauf,
Herr Urian sitzt obenauf.

Sabine Prilop

Die Nacht der fröhlichen Hexen

In der Nacht vor dem 1. Mai fliegen dem Volksglauben nach die Hexen zu ihren Tanzplätzen. Sie vergnügen sich dort mit Tanz und Schwatz, sie schmausen und zechen, ähnlich wild und ausgelassen, wie es Goethe in seinem »Faust« beschrieben hat.

Was sagst du, Freund? Das ist kein kleiner Raum.
Da sieh nur hin! du siehst das Ende kaum.
Ein Hundert Feuer brennen in der Reihe;
Man tanzt, man schwatzt, man kocht, man trinkt, man liebt –
Nun sage mir, wo es was Bessers gibt?

Auch die Liebe kommt nicht zu kurz. Schließlich ist es der Monat des »Honey-Moon«, der Mai, der in dieser Nacht begrüßt wird. Seinen Namen erhielt er nach der Göttin Maia, der Frühlingsgöttin, die neues Leben in die Welt bringt. In Deutschland gilt der Brocken, der höchste Berg im Harz, als sagenumwobener Versammlungsort der Hexen.

Der Ursprung der Sagen und Märchen um die Walpurgisnacht liegt in Bräuchen unserer Vorfahren. Vor langer Zeit trafen sich im Harz die alten Sachsen in der Nacht des letzten Ostermondes zu einem heidnischen Frühlingsfest. Sie zündeten Freudenfeuer an, tanzten und sangen und hießen so den Lenz willkommen.

Nach der christlichen Zwangsmissionierung wurden diese Festlichkeiten streng verboten. Karl der Große verhängte über alle neubekehrten Sachsen, die es wagten, heimlich zu den »Hügeln der Heiden« zu ziehen, die Todesstrafe. Weise Frauen, die man während der Feste um Rat fragte, wurden als Hexen beschimpft. Ihre Kenntnisse sollten nun Zauberei und Teufelswerk sein.

Trotz aller Verbote der kirchlichen und weltlichen Obrigkeit trafen sich Menschen, die den weisen Frauen vertrauten, weiterhin an den bekannten Plätzen, um dort die alten Bräuche zu vollziehen.

Gegen Ende des Mittelalters griff die abergläubische Vorstellung, daß Hexen mit dem Teufel im Bunde seien und ihren Mitmenschen durch allerlei bösen Zauber nach dem Leben trachteten, gewaltig um sich. Hetzereien und Denunziationen trugen zum Ausbruch der Hexenverfolgungen bei, denen Tausende von Menschen, die meisten von ihnen Frauen, zum Opfer fielen. Bis weit ins 18. Jahrhundert wurden in Deutschland und anderen Ländern sogenannte Hexen grausam gefoltert und auf dem Scheiterhaufen verbrannt. Ein düsteres Kapitel der Geschichte.

Inzwischen werden die einst als Hexen verfolgten Frauen von vielen Menschen als Verkörperung alten magischen Wissens und weiblicher Lebenslust gesehen. Heute verkleiden sich daher feierfreudige Frauen, um gemeinsam die Walpurgisnacht zu begehen. In den Städten rund um den Harz und natürlich auf dem Gipfel des Brockens ziehen sie in Gruppen umher und vertreiben mit fröhlichem Gelächter und ausgelassenem Lärm den Winter.

Johann Wolfgang von Goethe

Die erste Walpurgisnacht

Ein Druide

Es lacht der Mai!
Der Wald ist frei
Von Eis und Reifgehänge.
Der Schnee ist fort;
Am grünen Ort
Erschallen Lustgesänge.
Ein reiner Schnee
Liegt auf der Höh;
Doch eilen wir nach oben,
Begehn den alten heilgen Brauch,
Allvater dort zu loben.
Die Flamme lodre durch den Rauch!
So wird das Herz erhoben.

Die Druiden

Die Flamme lodre durch den Rauch!
Begeht den alten heilgen Brauch,
Allvater dort zu loben!
Hinauf! hinauf nach oben!

Einer aus dem Volke

Könnt ihr so verwegen handeln?
Wollt ihr denn zum Tode wandeln?
Kennet ihr nicht die Gesetze
Unsrer harten Überwinder?
Rings gestellt sind ihre Netze
Auf die Heiden, auf die Sünder.

Ach, sie schlachten auf dem Walle
Unsre Weiber, unsre Kinder.
Und wir alle
Nahen uns gewissem Falle.

Chor der Weiber

Auf des Lagers hohem Walle
Schlachten sie schon unsre Kinder.
Ach, die strengen Überwinder!
Und wir alle
Nahen uns gewissem Falle.

Ein Druide

Wer Opfer heut
Zu bringen scheut,
Verdient erst seine Bande.
Der Wald ist frei!
Das Holz herbei,
Und schichtet es zum Brande!
Doch bleiben wir
Im Buschrevier
Am Tage noch im stillen,
Und Männer stellen wir zur Hut
Um eurer Sorge willen.
Dann aber laßt mit frischem Mut
Uns unsre Pflicht erfüllen.

Chor der Wächter

Verteilt euch, wackre Männer, hier
Durch dieses ganze Waldrevier
Und wachet hier im stillen,
Wenn sie die Pflicht erfüllen.

Ein Wächter

Diese dumpfen Pfaffenchristen,
Laßt uns keck sie überlisten!
Mit dem Teufel, den sie fabeln,
Wollen wir sie selbst erschrecken.
Kommt! Mit Zacken und mit Gabeln
Und mit Glut und Klapperstöcken
Lärmen wir bei nächtger Weile
Durch die engen Felsenstrecken.
Kauz und Eule
Heul in unser Rundgeheule!

Chor der Wächter

Kommt mit Zacken und mit Gabeln,
Wie der Teufel, den sie fabeln,
Und mit wilden Klapperstöcken
Durch die leeren Felsenstrecken!
Kauz und Eule
Heul in unser Rundgeheule!

Ein Druide

So weit gebracht,
Daß wir bei Nacht
Allvater heimlich singen!
Doch ist es Tag,
Sobald man mag
Ein reines Herz dir bringen.
Du kannst zwar heut,
Und manche Zeit,
Dem Feinde viel erlauben.

Die Flamme reinigt sich vom Rauch:
So reinge unsern Glauben!
Und raubt man uns den alten Brauch,
Dein Licht, wer will es rauben?

Ein christlicher Wächter

Hilf, ach, hilf mir, Kriegsgeselle!
Ach, es kommt die ganze Hölle!
Sieh, wie die verhexten Leiber
Durch und durch von Flamme glühen!
Menschen-Wölf und Drachen-Weiber,
Die im Flug vorüberziehen!
Welch entsetzliches Getöse!
Laßt uns, laßt uns alle fliehen!
Oben flammt und saust der Böse,
Aus dem Boden
Dampfet rings ein Höllen-Broden.

Chor der christlichen Wächter

Schreckliche, verhexte Leiber,
Menschen-Wölf und Drachen-Weiber!
Welch entsetzliches Getöse!
Sieh, da flammt, da zieht der Böse!
Aus dem Boden
Dampfet rings ein Höllen-Broden.

Chor der Druiden

Die Flamme reinigt sich vom Rauch:
So reinge unsern Glauben!
Und raubt man uns den alten Brauch,
Dein Licht, wer kann es rauben!

Heinrich Heine

Aufstieg zum Brocken

Wir nahmen freundschaftlich Abschied, und fröhlich stieg ich den Berg hinauf. Bald empfing mich eine Waldung himmelhoher Tannen, für die ich, in jeder Hinsicht, Respekt habe. Diesen Bäumen ist nämlich das Wachsen nicht so ganz leicht gemacht worden, und sie haben es sich in der Jugend sauer werden lassen. Der Berg ist hier mit vielen großen Granitblöcken übersäet, und die meisten Bäume mußten mit ihren Wurzeln diese Steine umranken oder sprengen und mühsam den Boden suchen, woraus sie Nahrung schöpfen können. Hier und da liegen die Steine, gleichsam ein Tor bildend, übereinander, und oben darauf stehen die Bäume, die nackten Wurzeln über jene Steinpforte hinziehend, und erst am Fuße derselben den Boden erfassend, so daß sie in der freien Luft zu wachsen scheinen. Und doch haben sie sich zu jener gewaltigen Höhe emporgeschwungen, und, mit den umklammerten Steinen wie zusammengewachsen, stehen sie fester als ihre bequemen Kollegen im zahmen Forstboden des flachen Landes. So stehen auch im Leben jene großen Männer, die durch das Überwinden früher Hemmungen und Hindernisse sich erst recht gestärkt und befestigt haben. Auf den Zweigen der Tannen kletterten Eichhörnchen und unter denselben spazierten die gelben Hirsche. Wenn ich solch ein liebes, edles Tier sehe, so kann ich nicht begreifen, wie gebildete Leute Vergnügen daran finden, es zu hetzen und zu töten. Solch ein Tier war barmherziger als die Menschen, und säugte den schmachtenden Schmerzenreich der heiligen Genoveva.

Allerliebst schossen die goldenen Sonnenlichter durch das dichte Tannengrün. Eine natürliche Treppe bildeten die Baumwurzeln. Überall schwellende Moosbänke; denn die Steine sind fußhoch von den schönsten Moosarten, wie mit hellgrünen Sammetpolstern, bewachsen. Liebliche Kühle und träumerisches Quellengemurmel. Hier und da sieht man, wie das Wasser unter den Steinen silberhell hinrieselt und die nackten Baumwurzeln und Fasern bespült. Wenn man sich nach diesem Treiben hinabbeugt, so belauscht man gleichsam die geheime Bildungsgeschichte der Pflanzen und das ruhige Herzklopfen des Berges. An manchen Orten sprudelt das Wasser aus den Steinen und Wurzeln stärker hervor und bildet kleine Kaskaden. Da läßt sich gut sitzen. Es murmelt und rauscht so wunderbar, die Vögel singen abgebrochene Sehnsuchtslaute, die Bäume flüstern wie mit tausend Mädchenzungen, wie mit tausend Mädchenaugen schauen uns an die seltsamen Bergblumen, sie strecken nach uns aus die wundersam breiten, drollig gezackten Blätter, spielend flimmern hin und her die lustigen Sonnenstrahlen, die sinnigen Kräutlein erzählen sich grüne Märchen, es ist alles wie verzaubert, es wird immer heimlicher und heimlicher, ein uralter Traum wird lebendig, die Geliebte erscheint – ach, daß sie so schnell wieder verschwindet!

Je höher man den Berg hinaufsteigt, desto kürzer, zwerghafter werden die Tannen, sie scheinen immer mehr und mehr zusammenzuschrumpfen, bis nur Heidelbeer- und Rotbeersträuche und Bergkräuter übrigbleiben. Da wird es auch schon fühlbar kälter. Die wunderlichen Gruppen der Granitblöcke werden hier erst recht sichtbar; diese sind oft von erstaunlicher Größe. Das mögen wohl die Spielbälle sein, die sich die bösen Geister einander zuwerfen in der Walpurgisnacht, wenn hier die Hexen auf Besenstielen und Mistgabeln einhergeritten kommen, und die abenteuerlich verruchte Lust beginnt, wie die glaubhafte Amme es erzählt, und wie es zu schauen ist auf den hübschen Faustbildern des Meister Retzsch. Ja, ein junger Dichter, der auf einer Reise von Berlin nach Göttingen in der ersten Mainacht am Brocken vorbeiritt, bemerkte sogar, wie einige belletristische Damen auf einer

Bergecke ihre ästhetische Teegesellschaft hielten, sich gemütlich die »Abendzeitung« vorlasen, ihre poetischen Ziegenböckchen, die meckernd den Teetisch umhüpften, als Universalgenies priesen, und über alle Erscheinungen in der deutschen Literatur ihr Endurteil fällten; doch als sie auch auf den »Ratcliff« und »Almansor« gerieten und dem Verfasser alle Frömmigkeit und Christlichkeit absprachen, da sträubte sich das Haar des jungen Mannes, Entsetzen ergriff ihn – ich gab dem Pferde die Sporen und jagte vorüber.

In der Tat, wenn man die obere Hälfte des Brockens besteigt, kann man sich nicht erwehren, an die ergötzlichen Blocksbergsgeschichten zu denken, und besonders an die große, mystische, deutsche Nationaltragödie vom Doktor Faust. Mir war immer, als ob der Pferdefuß neben mir hinaufklettere und jemand humoristisch Atem schöpfe. Und ich glaube, auch Mephisto muß mit Mühe Atem holen, wenn er seinen Lieblingsberg ersteigt; es ist ein äußerst erschöpfender Weg, und ich war froh, als ich endlich das langersehnte Brockenhaus zu Gesicht bekam.

Aus: Die Harzreise

Theodor Storm

Walpurgisnacht

Am Kreuzweg weint die verlassene Maid,
Sie weint um verlassene Liebe.
Sie klagt den fliegenden Wolken ihr Leid,
Ruft Himmel und Hölle zu Hilfe.
Da stürmt es heran durch die finstere Nacht,
Die Lüfte rauschen, die Fichte kracht,
Es flattern so krächzend die Raben.

Am Kreuzweg feiert der Böse sein Fest,
Mit Gang und Klang und Reigen;
Die Eule rafft sich vom heimlichen Nest
Und lädt viel' lustige Gäste.
Die stürzen sich jach durch die Lüfte heran,
Geschmückt mit Distel und Drachenzahn,
Und grüßen den harrenden Meister.

Und über die Heide weit und breit
Erschallt es im wilden Getümmel:
»Wer bist du, du schöne, du lustige Maid?
Juchheisa, Walpurgis ist kommen!
Was zauderst du, Hexchen? komm, springe mit ein!
Sollst heute des Meisters Liebste sein,
Du schöne, du lustige Dirne!«

Der Nachtwind peitscht die tolle Schar
Im Kreis um die weinende Dirne;
Da packt sie der Meister am goldenen Haar,
Und schwingt sie im sausenden Reigen;
Und wie die Eule im Zwielicht schreit,
Da hat der Teufel die Dirne gefreit,
Und hat sie nimmer gelassen.

Bram Stoker

Draculas Gast

Hell schien die Sonne auf München, als wir zu unserem Ausflug aufbrachen, und die Luft zitterte im Ungestüm des frühen Sommers. Als wir gerade abfahren wollten, kam Herr Delbrück (der maître d'hôtel der »Vier Jahreszeiten«, wo ich logierte) an die Kutsche und sagte, nachdem er mir eine angenehme Fahrt gewünscht hatte, zu dem Kutscher, seine Hand auf dem Türknauf ruhen lassend: »Vergessen Sie nicht, vor Einbruch der Nacht zurück zu sein. Der Himmel scheint ruhig, aber ich spüre ein Beben im Nordwind, welches auf einen plötzlichen Sturm hinweisen könnte. Nun, ich darf wohl annehmen, daß Sie sich nicht verspäten.« Bei diesen Worten lächelte er und fügte hinzu: »Denn Sie wissen ja, welche Nacht heute anbricht.«

Johann antwortete beflissen »Ja, mein Herr«, berührte seinen Hut und fuhr schnell davon. Als wir die Stadtgrenze hinter uns gebracht hatten, ließ ich ihn halten und fragte:

»Sagen Sie, Johann, was hat es mit dieser Nacht auf sich?«

Er bekreuzigte sich, als er lakonisch antwortete: »Walpurgisnacht.« Dann zog er seine Uhr hervor, ein schweres, altmodisches deutsches Silbermonstrum von der Größe einer Rübe, las mit zusammengezogenen Augenbrauen die Zeit ab und zuckte ungeduldig mit den Achseln. Ich spürte, daß dies seine Art war, gegen die unnütze Verzögerung zu protestieren, und ließ mich wieder in die Polster zurückfallen. Er fuhr schnell an, als wolle er die versäumte Zeit einholen. In kurzen Abständen schienen die Pferde ihre Köpfe emporzureißen, um argwöhnisch die Luft einzuziehen. In solchen Momenten schaute ich voller Unruhe um mich. Die Straße war ziemlich kahl, weil wir gerade ein hohes, von Stürmen heimgesuchtes Plateau überquerten. Plötzlich sah ich einen offensichtlich wenig benutzten Weg, der in ein kleines, gewundenes Tal zu führen schien. Dies Tal war so lieblich, daß ich Johann, auch auf die Gefahr hin, ihn zu verärgern, zu halten bat. Und als der Wagen zum Stehen kam, sagte ich ihm, daß ich jenen Weg zu fahren gedenke. Da erfand er allerlei Entschuldigungen und bekreuzigte sich immer wieder beim Sprechen. Dadurch wiederum erweckte er meine Neugierde, so daß ich ihm einige Fragen stellte. Er antwortete ausweichend, nicht ohne noch einmal protestierend seine Uhr zu ziehen. Schließlich sagte ich zu ihm: »Nun, Johann, ich möchte diesen Weg nehmen. Ich will Sie nicht zwingen, mich zu begleiten, aber sagen Sie mir, warum Sie sich weigern. Das möchte ich wissen.«

Anstelle einer Antwort ließ er sich förmlich vom Kutschbock fallen, so schnell stand er neben mir. Dann streckte er bittend seine Hände gegen mich aus und beschwor mich, nicht zu gehen. In seine Worte waren gerade so viel englische Brocken eingestreut, daß ich den Sinn seiner Warnung verstand. Er schien immer nahe daran, mir den wahren Grund für seine Angst zu erklären, verhielt aber jeweils im letzten Augenblick, bekreuzigte sich und sagte nur: »Walpurgisnacht.«

Ich versuchte, mit ihm darüber zu sprechen, scheiterte aber daran, weil ich seine Sprache nicht beherrschte. Und zweifellos war er im Vorteil, denn immer wenn er in seiner gebrochenen und wirren Art englisch zu sprechen anhob, erregte er sich so, daß er sofort wieder in seine Muttersprache verfiel, wobei er ständig auf seine große Uhr schaute. Schließlich wurden die Pferde unruhig und sogen laut die Luft durch ihre Nüstern. In diesem Moment verfärbte sich seine Gesichtsfarbe, er wurde aschfahl, blickte ängstlich um sich, sprang dann plötzlich nach vorn, nahm die Zügel in die Hand und führte die Tiere ein Stück weiter. Ich folgte ihm und fragte, was das alles zu bedeuten habe. Wiederum bekreuzigte er sich, zeigte mit dem Finger zu dem Platz, den wir gerade verlassen hatten, und stellte sein Gespann in die Richtung des anderen Weges, dadurch ein Kreuz beschreibend. Schließlich sagte er, erst auf Deutsch, dann auf Englisch: »Begrabt ihn, der sich selber tötete.«

Ich erinnerte mich des alten Brauches, Selbstmörder an Kreuzungen zu begraben, und sagte: »Ah, ich verstehe, ein Selbstmörder – wie interessant.« Dennoch konnte ich mir bei meinem Leben nicht erklären, warum die Pferde scheuten.

Während wir so sprachen, hörten wir plötzlich einen merkwürdigen Laut, ein Mittelding zwischen Gebell und Gekläffe. Er kam zwar von weither, aber die Pferde wurden wieder unruhig, und Johann mußte alles daransetzen, sie zu beruhigen. Er war leichenblaß, als er sagte: »Das klingt ganz nach einem Wolf, aber zu dieser Zeit sind nie welche hier gesehen worden.«

»Wie lange ist es denn her, daß hier Wölfe aufgetaucht sind?« fragte ich ihn.

»Lange, sehr lange nicht mehr im Frühling und im Sommer, mit dem Schnee freilich sind sie schon oft gekommen.«

Noch als er den Pferden zusprach und sie zu beruhigen versuchte, huschten dunkle Wolken über den Himmel. Die Sonne verschwand, und ein kalter Windstoß schien hinter uns vorbeizustreichen. Es war allerdings nur ein Hauch, mehr eine Vorwarnung, denn die Sonne durchbrach darauf erneut die Wolkendecke.

Johann hielt sich die Hand über die Augen, betrachtete den Horizont und meinte: »Der Schneesturm kommt lange vor seiner Zeit.«

Dann schaute er erneut auf seine Uhr, hielt die Zügel der stampfenden und die Köpfe schüttelnden Pferde kürzer und kletterte auf seinen Kutschbock, als wäre es nun Zeit, weiterzufahren. Ich wollte seinem Beispiel nicht sofort folgen und blieb hartnäckig an meinem Platze stehen. »Erzählen Sie mir doch, wohin diese Straße führt«, fragte ich ihn, in das Tal weisend.

Er murmelte ein Gebet und bekreuzigte sich nochmals, bevor er antwortete: »Es ist unheilig.«

»Was ist unheilig?«

»Das Dorf.«

»Also existiert hier ein Dorf?«

»Nein, bei Gott nicht. Seit über hundert Jahren lebt dort keine Seele mehr.« Meine Neugierde war geweckt. »Aber gerade haben Sie gesagt, es befindet sich in diesem Tal ein Dorf.«

»Früher einmal.«

»Aber was ist damit geschehen?«

Jetzt folgte eine lange Geschichte, halb in Englisch, halb in Deutsch, so daß ich ihren Sinn nicht recht verstehen konnte, wohl aber begriff, daß in diesem Dorf einige Bewohner eines Tages plötzlich starben und begraben wurden, man später aber Stimmen hörte, die aus der Erde drangen. Als man die Särge öffnete, fand man unversehrte Körper, deren Lippen rot von Blut waren. Um ihre Leben zu retten (ja, und auch ihre Seelen – an dieser Stelle bekreuzigte er sich), flüchteten die Hinterbliebenen in andere Gegenden, wo die Lebenden leben und die Toten tot sind und nicht – irgendwie anders. Er fürchtete sich offensichtlich, gerade diese letzten Worte auszusprechen, und geriet in immer größere Erregung. Es schien fast, als übe die Vorstellung einen magischen Zwang auf ihn aus, denn er endete mit einem wahren Angstanfall – leichenblaß, schwitzend, zitternd und nervös um sich blickend, als würde sich eine fürchterliche Geistererscheinung am hellichten Tage auf offenem Felde zeigen. Schließlich schrie er, auf dem Gipfel seiner Verzweiflung: »Walpurgisnacht!« und bedeutete mir, umgehend in die Kutsche zu steigen. Doch mein englisches Blut sträubte sich, und stehenbleibend sagte ich:

»Sie haben Angst, Johann, Sie haben ja Angst, fahren Sie nach Hause, ich werde allein zurückkommen. Die Wanderung wird mir gut bekommen.« Die Tür der Kutsche stand offen.

Vom Sitz nahm ich meinen eichenen Wanderstab, den ich bei meinen Ferienreisen immer bei mir habe, schloß die Tür, wies in Richtung München und sagte: »Fahren Sie, Johann – die Walpurgisnacht kann einen Engländer nicht erschrecken.«

Die Pferde waren jetzt unruhiger denn je. Johann versuchte sie zu bändigen und beschwor mich gleichzeitig, nicht eine solche Dummheit zu begehen. Ich bedauerte den armen Kerl, weil er es ganz ernst meinte; dennoch konnte ich mir ein Lachen nicht verkneifen. Sein Englisch war ihm inzwischen vollends vergangen. In seiner Angst hatte er völlig vergessen, daß er sich mir nur in meiner Sprache verständlich machen konnte, und brabbelte nur noch in seiner Heimatsprache. Nachdem ich ihn nochmals aufforderte zu gehen, schickte ich mich an, dem Weg ins Tal zu folgen.

Mit einer verzweifelten Geste trieb Johann seine Pferde in Richtung München an. Auf meinen Stock gestützt, blickte ich ihnen nach. Eine Weile fuhr er langsam die Straße dahin, bis ich plötzlich einen großen dünnen Mann über die Spitze des Hügels kommen sah. Als er etwa in der Höhe des Gespannes war, begannen die Pferde sich wie wild zu gebärden und vor Angst zu wiehern. Johann konnte sie kaum halten. Sie polterten den Weg hinab, wie verrückt rasend. Ich blickte ihnen nach, solange ich konnte, und suchte dann den Mann, aber auch er war verschwunden.

Frohen Herzens machte ich mich auf den Weg in das Tal, den Johann zu fahren nicht zu bewegen war. Ich fand nicht die Spur einer bösen Erscheinung, geschweige denn einen Menschen oder ein Haus.

Was die Landschaft betraf, so war sie eine Einöde schlechthin. Aber ich nahm diesen Zustand so lange nicht wahr, bis ich nach einer Biegung an einen ausgedehnten Waldrand kam. Erst jetzt bemerkte ich, wie mich die völlige Öde der Landschaft, die ich durchwandert hatte, unbewußt beeindruckt hatte.

Ich setzte mich nieder und begann, mich umzusehen. Ich spürte plötzlich, daß es erheblich kälter geworden war als zu Beginn meiner Wanderung und daß ein seufzender Ton mich umgab, der hin und wieder von einer Art gedämpften Gelächters begleitet wurde. Als ich aufblickte, sah ich dunkle, schwere Wolken von Norden nach Süden in großer Höhe über den Himmel jagen – Zeichen eines beginnenden Sturmes in einer hohen Schicht der Atmosphäre. Ich fühlte mich etwas unterkühlt, was ich auf das lange Sitzen nach der Wanderung schob, und machte mich wieder auf den Weg.

Der sich nun anschließende Landstrich hatte ein weitaus freundlicheres Gepräge, wobei sich das Auge weniger an auffälligen Dingen ergötzen konnte, sondern an dem Reiz der Gegend selber. Ich achtete nicht auf die Zeit und stellte mir erst bei hereinbrechender Dämmerung die Frage, wie ich wohl den Weg nach Hause finden würde. Die Klarheit des Tages war längst gewichen, die Luft hatte sich abgekühlt, und das schnelle Treiben der Wolken wurde immer spürbarer. Ein weit entfernter, raschelnder Ton war zu hören, in den sich in bestimmten Abständen jener Schrei mischte, der nach Johanns Meinung von einem Wolf stammen mußte. Ich zögerte einen Moment. Aber ich hatte mir vorgenommen, das zerstörte Dorf aufzusuchen, und so setzte ich meinen Weg fort. Ziemlich bald befand ich mich auf einem offenen Feld, das von Hügeln umsäumt war. Ihre Hänge waren mit Bäumen bewachsen, die sich vereinzelt zur Talsohle hinunterzogen und in dichteren Gruppen auch die kleineren Abhänge und Nebentäler überzogen. Ich folgte mit den Augen dem Verlauf des Weges und bemerkte, wie er sich dicht an ein dunkles Waldstück anschmiegte, um danach nicht mehr aufzutauchen.

Wie ich noch dastand und schaute, überraschte mich ein kalter Schauer in der Luft, dem sofort Schneefall folgte. Ich mußte an die vielen Meilen durch dieses öde Land denken, die ich bereits zurückgelegt hatte, und lief dann schnell in Richtung des schützenden Waldes. Immer schwärzer und schwärzer verfärbte sich der Himmel, schneller und schwerer fiel der Schnee, bis die Erde um mich herum sich in einen weißen glitzernden Teppich verwandelt hatte, dessen vorderer Saum sich in milchigem Nebel verlor. Der Weg hier war ziemlich verwildert, seine Begrenzung kaum erkennbar. Schon nach wenigen Schritten hatte ich den Eindruck, abgekommen zu sein, denn ich spürte nicht mehr die harte Erde unter meinen Füßen und sank immer tiefer ein in Gras und Moos. Der Sturm wurde stärker und blies mit immer steigender Kraft, so daß ich froh war, nicht gegen ihn anlaufen zu müssen. Die Luft wurde eiskalt und ließ mich, trotz meiner Übung, erbärmlich leiden, und der Schnee fiel nun so dick und tanzte in so schnellen Wirbeln um mich herum, daß ich kaum meine Augen offenhalten konnte. Hin und wieder wurde der schwarze Himmel von einem flackernden Licht erhellt, so daß ich vor mir die dunkle Wand des Waldes erkennen konnte, der vornehmlich aus Eiben und Zypressen bestand, alle schwer beladen mit Schnee.

Bald gelangte ich in den Schutz der Bäume und konnte in dieser verhältnismäßigen Ruhe das Rauschen des Windes über mir vernehmen. Die Schwärze des Sturmes hatte sich mit der Dunkelheit der Nacht verschmolzen. Langsam aber schien der Sturm vorüberzuziehen, denn er kam jetzt nur noch in heftigen Stößen. In diesen Augenblicken hörte ich wie ein Echo zu dem unheimlichen Klagen des Wolfes noch andere ähnliche Laute.

Durch die schwarze Wand vorbeiziehender Wolken stahl sich gelegentlich zittriges Mondlicht, das die Gegend erleuchtete und mich erkennen ließ, daß ich mich am Rande eines dicht bewachsenen Zypressenwaldes befand. Sobald der Schneefall nachließ, lief ich hinaus und begann mich eingehender umzuschauen. Ich hatte das unbestimmte Gefühl, daß es dort noch ein Haus geben könnte, und wenn es nur eine Ruine wäre, in der ich für eine Weile hätte Unterschlupf finden können. Und als ich am Saum des Unterholzes entlangging, stieß ich auf eine niedrige Mauer, die dieses umgab. Jener folgend, fand ich auch bald einen Durchbruch. An dieser Stelle bildeten die Zypressen eine Allee, die zu einem viereckigen Gebäude führte. Doch in dem Moment, da ich diese Entdeckung machte, stieben die Wolken vor den Mond, so daß der Pfad in die Dunkelheit tauchte. Der Wind mußte kälter geworden sein, denn ich begann beim Laufen zu zittern; aber es bestand die Aussicht auf ein Dach über dem Kopf, und so stapfte ich blindlings voran.

Eine plötzliche Stille ließ mich verhalten. Der Sturm hatte sich gelegt, und auch mein Herz schien, vielleicht in Übereinstimmung mit der Natur, nicht mehr zu schlagen. Freilich nur für Sekunden, denn plötzlich brach das Mondlicht durch die Wolken und breitete einen Friedhof vor mir aus. Das quadratische Gebäude vor mir stellte sich als marmornes Grabmal heraus, so weiß wie der Schnee, der es bedeckte. Mit dem Mondschein kam eine wütende Windbö auf, die mit einem langen, tiefen Geheul, wie von einem Rudel Hunde oder Wölfe, vorbeizog. Ich war erschrocken, wie festgenagelt, und Kälte durchfuhr mich, daß ich zu erstarren drohte. Noch während der Mond das Grabmal beleuchtete, begann der Sturm von neuem loszubrechen, als sei er auf seine alte Bahn gestoßen. Von einer heimlichen Neugier getrieben, näherte ich mich dem Grab, um herauszufinden, was es damit auf sich hatte und warum es so verlassen an einem solchen Ort stand. Ich stapfte darum herum und las über der dorischen Pforte in deutscher Sprache:

GRÄFIN DOLINGEN ZU GRAZ
In der Steiermark
GESUCHT UND TOT AUFGEFUNDEN
1801

In der Spitze des Grabmals steckte ein großer eiserner Pfahl oder Stachel, der offensichtlich durch den Marmor getrieben war, da das Ganze nur aus wenigen Blöcken bestand. Auf der Rückseite entdeckte ich, in großen kyrillischen Buchstaben eingraviert, den Satz:

DER TOD KOMMT SCHNELL!

Etwas so Phantastisches und Unheimliches lag über dem Ganzen, daß ich einen gewaltigen Schauder verspürte und einer Ohnmacht nahe war. Zum ersten Mal wünschte ich, Johanns Ratschlag befolgt zu haben. Plötzlich durchzuckte mich ein Gedanke, hervorgerufen durch mysteriöse Umstände und begleitet von einem fürchterlichen Schock: Die Walpurgisnacht brach an.

Walpurgisnacht – nach dem Glauben von Millionen Menschen die Stunde, da der Teufel auf Erden weilt und aus den geöffneten Gräbern die Toten steigen und umherlaufen; die Stunde, da alle bösen Elemente der Erde, der Luft und des Wassers sich zu einem Gelage treffen. Gerade diesen Ort hatte der Kutscher so entschieden gemieden. Dieses war das vor Jahrhunderten ausgestorbene Dorf! Hier war der Ort, wo der Selbstmörder lag! Und an diesem Ort stand ich völlig allein – entmutigt, zitternd vor Kälte in einem Schneewirbel und einem beißenden Wind ausgesetzt. Ich versicherte mich meiner Philosophie, meines Glaubens, den man mir beigebracht hatte, und all meines Mutes, um nicht unter der drückenden Angst zusammenzubrechen.

Plötzlich begann ein wahrhaftiger Wirbelwind loszubrechen. Die Erde bebte, als würden ganze Herden von Pferden darübertrampeln, und der Himmel breitete seine eisigen Schwingen aus und schüttete große Hagelkörner herunter, die mit einer solchen Heftigkeit aufprallten, daß man an die Riemen balearischer Schleudern denken konnte; Hagelkörner, die Blätter und Zweige hinunterdrückten, so daß die Zypressen nicht länger Schutz gewährten, da ihre Stämme wie Getreidehalme aussahen. Zunächst hatte ich mich unter den ersten besten Baum gestellt, aber ich war nur zu gern bereit, diesen Platz wieder zu verlassen, um an den einzigen Fleck, der einen sicheren Unterstand bot, zu gelangen: an die tiefe dorische Pforte des Grabmals. An das massive Bronzetor gepreßt, war ich einigermaßen vor den niedersausenden Hagelkörnern geschützt, die mich jetzt nur noch nach dem Aufprall auf dem Boden berührten. Als ich mich so gegen das Tor lehnte, begann sich dieses nach innen zu öffnen. Bei dem erbarmungslosen Unwetter war mir auch der Schutz einer Gruft willkommen, und ich war gerade im Begriff einzutreten, als das Licht eines Gabelblitzes den ganzen Himmel erhellte. Zur gleichen Zeit sah ich beim Umdrehen, so wahr ich hier stehe, in dem Grabgewölbe eine wunderschöne Frau mit rosigen Wangen und geröteten Lippen, die auf einer Totenbahre zu schlafen schien. Als das Geflacker am Himmel erlosch, wurde ich wie von einer Riesenhand gepackt und ins Freie geschleudert. Alles ging so schnell, daß ich kaum einen seelischen oder moralischen Schock verspürte, als ich schon von den Hagelkörnern niedergeworfen wurde. Plötzlich hatte ich das dumpfe Gefühl, nicht allein zu sein, und blickte in Richtung des Grabmals. Gerade in diesem Moment fuhr erneut ein Blitz herab, der den Eisenstab an der Spitze des Grabes zu treffen und durch ihn hindurch in die Erde abgeleitet zu werden schien, den Marmor dabei, wie in einer Feuersbrunst, versengend und zerstörend. Die tote Frau richtete sich plötzlich für einen Moment auf, während sie schon von den Flammen beleckt wurde, und ihre verzweifelten Schmerzensschreie wurden von dem Donnerschlag erstickt. Das letzte, was ich wahrnahm, waren wieder die fürchterlichen Geräusche. Dann wurde ich erneut gepackt und herumgeschleudert, während der Hagel auf mich niederprasselte. Die Luft schien von dem

Geheul der Wölfe zu vibrieren. Schließlich erinnere ich mich noch an eine diffuse, weiße, sich bewegende Masse, als hätten alle Gräber um mich herum ihre Phantome entsandt, die sich mir durch den weißen Nebel des treibenden Hagels näherten.

Nach und nach erlangte ich mein Bewußtsein wieder und spürte eine lähmende Müdigkeit. Zuerst konnte ich mich an nichts mehr erinnern, aber langsam erwachten meine Sinne. Meine Füße waren gekrümmt vor Schmerz, so daß ich sie nicht bewegen konnte. Es war, als seien sie völlig erstarrt. Eine eisige Kälte saß mir im Nacken, die sich den ganzen Rücken hinunterzog. Meine Ohren schließlich waren wie abgestorben. Aber in der Brust spürte ich einen Funken Wärme, der im Vergleich zu meiner übrigen Verfassung köstlich war. Es war ein Alptraum – ein physischer Alptraum, wenn man so sagen darf, denn es kam hinzu, daß ich durch ein schwerlastendes Gewicht auf meinem Körper kaum zu atmen vermochte.

In dieser Apathie hatte ich wohl ziemlich lange gelegen, und als sie schließlich nachließ, muß ich entweder geschlafen haben oder ohnmächtig geworden sein. Dann überfiel mich ein Ekelgefühl, das sich wie die ersten Anzeichen der Seekrankheit bemerkbar machte, und ein wildes Verlangen, von etwas befreit zu sein – nur wußte ich nicht, von was. Eine ungeheure Stille umgab mich, als schliefe die Welt, oder als wäre sie tot – unterbrochen nur von einem leisen Keuchen, wie von einem Tier in der Nähe. Plötzlich fühlte ich ein Kratzen an meinen Kleidern, welches mir die fürchterliche Wahrheit bewußt werden ließ. Mein Herz drohte zu zerspringen, und das Blut schoß mir ins Gehirn. Ein großes Tier lag auf mir und leckte an meinem Umhang. Ich hatte Angst, mich zu bewegen, und mein Instinkt riet mir, ganz ruhig zu bleiben. Das Tier jedoch schien eine Veränderung in meinem Körper gespürt zu haben, denn es hob witternd den Kopf. Durch einen

Spalt meiner Augenlider sah ich über mir die zwei sprühenden Augen eines Wolfes. Seine spitzen, weißen Zähne blitzten in dem klaffenden roten Mund, und sein heißer Atem ging beißend und scharf über mein Gesicht.

Ich mußte wieder in Bewußtlosigkeit gefallen sein. Ein tiefes Knurren, gefolgt von einem Heulen, brachte mich zu mir. Dann hörte ich, wenngleich ziemlich weit entfernt, ein »Hallo! Hallo!«, so als riefen mehrere Menschen gleichzeitig. Vorsichtig hob ich meinen Kopf und spähte in die Richtung der Rufer, aber das Grabmal stand meinem Blick im Wege. Der Wolf über mir heulte noch immer in seiner schauerlichen Art, und ein roter Schein begann sich um den Zypressenhain herum zu bewegen, als wolle er dem Ton folgen. Als die Stimmen näher kamen, wurden die Laute des Tieres immer wütender und hastiger. Ängstlich vermied ich jede Bewegung. Über das weiße Leichentuch, das um mich in die Dunkelheit hinein ausgelegt zu sein schien, huschte der rote Schein immer näher. Und ganz plötzlich tauchte hinter dem Wäldchen eine Gruppe Reiter mit Fackeln auf. Der Wolf erhob sich und machte sich in Richtung des Grabes davon. Ich sah einen der Reiter (es handelte sich, nach den Mützen und langen Militärmänteln zu schließen, um Soldaten) seinen Karabiner heben und auf mich anlegen. Ein anderer stieß ihm den Arm hoch, so daß ich die Kugel über meinen Kopf hinwegpfeifen hörte. Offensichtlich hatte man meinen Körper mit dem des Wolfes verwechselt. Ein Dritter erspähte das Tier, wie es davonlief, und schoß. Dann galoppierte ein Teil der Reiter auf mich zu, der andere verfolgte den zwischen schneebeladenen Zypressen verschwindenden Wolf.

Als sie mich fast erreicht hatten, versuchte ich mich zu bewegen, was ganz aussichtslos war, aber ich konnte nun alles sehen und hören, was um mich herum geschah. Zwei oder drei Soldaten sprangen ab und knieten neben mir nieder. Einer hob meinen Kopf an und legte eine Hand an mein Herz.

»Gott sei Dank, Kameraden, sein Herz schlägt noch«, rief er den anderen zu.

Daraufhin wurde mir Brandy eingeflößt, der mir soviel Kraft gab, die Augen richtig zu öffnen und umherzublicken. Lichter und Schatten bewegten sich zwischen den Bäumen, und ich hörte Menschen einander zurufen. Erschreckte Laute wurden vernehmbar, als sie zusammenkamen; und die Lichter begannen zu zittern, als die andere Gruppe wie vom Teufel besessen aus dem Wirrwarr der Gräber auftauchte. Als sie ganz nah bei uns waren, wurden sie von den um mich herum Hockenden drängend gefragt:

»Na, habt ihr ihn gefunden?«

Die Antwort sprudelte nur so heraus:

»Nein, nein! Kommt bloß schnell weg von hier, schnell! Das ist kein Lagerplatz, zumal nicht in dieser Nacht!«

»Was ist denn los?« wurde gefragt. Die Antwort kam ungenau und stockend, und zwar so, als wollten alle das gleiche sagen, aber von einer gemeinsamen Furcht daran gehindert wurden.

»Es, ja, ja – da!« stotterte einer, dem es für einen Moment völlig die Sprache verschlagen hatte.

»Erst ein Wolf – und dann plötzlich keiner mehr«, warf ein anderer zittrig ein.

»Hat ja keinen Sinn, das Biest ohne eine geheiligte Kanone zu verfolgen«, bemerkte ein dritter in einer etwas handfesteren Sprache. »Beschütze uns, daß wir nur diese Nacht überstehen! Die tausend Mark Belohnung haben wir weiß Gott verdient«, war der Ausbruch des vierten. »Ich habe Blut an dem Marmor kleben sehen«, sagte jemand nach einer Pause. »Aber von ihm – ist er verwundet? Schaut auf seine Gurgel! Der Wolf hat auf ihm drauf gelegen und sein Blut warm gehalten.«

Der Offizier befühlte meine Kehle und sagte: »Da ist alles in Ordnung, seine Haut ist nicht verletzt. Was soll das überhaupt alles bedeuten? Hätte der Wolf nicht so laut geheult, hätten wir den Mann nie gefunden.«

»Wo ist denn der Wolf hin?« fragte der Mann, der meinen Kopf stützte und offensichtlich der Unerschrockenste der Gruppe war, denn seine Hände waren ganz ruhig. Auf seinem Ärmel sah ich den Winkel eines Unteroffiziers.

»Der ist zu seiner Höhle gelaufen«, antwortete einer, dessen langes Gesicht leichenblaß war und der von einer Höllenangst gepackt schien, als er sich furchtsam umdrehte. »Es sind ja Gräber genug da, in denen er sich verstecken kann – kommt doch endlich, Kameraden, laßt uns diesen teuflischen Platz verlassen!«

Der Offizier brachte mich in eine sitzende Haltung und murmelte einen Befehl. Einige der Soldaten brachten mich auf ein Pferd, während der Offizier sich hinter mich setzte, um mich festzuhalten. Er gab das Zeichen zum Aufbruch, worauf wir schnell und in militärischer Ausrichtung dem Zypressenwäldchen den Rücken kehrten.

Notgedrungen mußte ich schweigen, da meine Zunge immer noch ihren Dienst versagte. Während des Rittes war ich wohl wieder eingeschlafen, denn plötzlich stand ich, von zwei Soldaten gestützt, auf der Erde. Es war jetzt fast hell, am nördlichen Himmel lag ein roter Streifen Sonnenlicht wie ein Blutfleck über der Schneewüste. Der Offizier befahl den Soldaten, nichts von dem zu erzählen, was sie gesehen hatten, nur von dem fremden Engländer, der von einem großen Hund bewacht worden sei. »Von einem Hund? Das war doch kein Hund!« rief der Soldat, der die größte Furcht gezeigt hatte. »Ich kann doch wohl noch einen Wolf erkennen!« Der junge Offizier antwortete ruhig: »Ich sagte: ein Hund!«

»Ein Hund«, wiederholte der andere ironisch. Sein Mut schien mit der aufgehenden Sonne zu wachsen. Auf mich weisend, sagte er: »Schauen Sie doch auf seine Gurgel! Sind das die Spuren eines Hundes?«

Instinktiv führte ich meine Hand zum Hals und schrie bei der Berührung laut auf. Die Männer bildeten rasch einen engen Kreis, um mich zu betrachten, einige stiegen sogar von den Pferden. Noch einmal sagte der junge Offizier mit ruhiger Stimme:

»Es war ein Hund, wie ich schon sagte. Wenn wir etwas anderes sagen, lacht man uns doch nur aus!«

Schließlich wurde ich hinter einen Soldat in den Sattel gehoben, und wir ritten weiter auf die Vororte von München zu. Bald trafen wir auf eine leere Kutsche, in die ich gesetzt wurde und die mich zum Hotel »Vier Jahreszeiten« brachte – begleitet von dem jungen Offizier und gefolgt von einem Soldaten, der dessen Pferd mitführte. Die anderen ritten zurück in ihre Kasernen.

Als wir anlangten, kam Herr Delbrück augenblicklich die Treppe heruntergestürzt, weil er offensichtlich schon nach uns Ausschau gehalten hatte. Er nahm mich bei beiden Händen, um mich besorgt hineinzuführen. Der Offizier salutierte und wollte gerade von dannen gehen, als ich seine Absicht erkannte und darauf bestand, daß er mich in meine Zimmer begleite. Bei einem Glas Wein dankte ich ihm und seinen tapferen Soldaten für die Lebensrettung. Er erwiderte bescheiden, daß er selbst mehr als glücklich sei und daß Herr Delbrück Schritte unternommen habe, um den Suchtrupp zufriedenzustellen.

Lächelnd nahm der maître d'hôtel diese doppelsinnige Bemerkung auf, während der Offizier an seine Pflicht erinnerte und sich verabschiedete.

»Aber Herr Delbrück«, fragte ich, »aus welchem Grunde haben mich denn die Soldaten gesucht?«

Er zuckte mit den Schultern, als wolle er seine große Heldentat herabsetzen, und sagte:

»Ich war in der glücklichen Lage, den Kommandanten meines ehemaligen Regiments um Soldaten bitten zu können.«

»Aber woher wußten Sie, daß ich mich verirrt hatte?« fragte ich.

»Der Kutscher kam nur noch mit Resten seines Wagens hier an, der in Stücke brach, als die Pferde durchgingen.«

»Aber nur auf seinen Rat hin hätten Sie doch nie einen Suchtrupp ausgeschickt?«

»Oh, nein!« antwortete er, »aber bevor der Kutscher zurückkam, bekam ich dieses Telegramm von jenem Edelmann, dessen Gast Sie sind.« Dabei zog er ein Telegramm aus seinem Rock, dessen Text lautete:

Bistritz

Achten Sie sorgfältig auf meinen Gast – seine Sicherheit ist mir kostbar. Sollte ihm etwas zustoßen oder sollte er verschwunden sein, sparen Sie weder Mühe noch Geld, ihn zu finden und für seine Gesundheit zu sorgen. Er ist Engländer und aus diesem Grunde abenteuerlich. Zur Zeit drohen Gefahren durch Schnee, Wölfe und Nacht. Versäumen Sie keine Sekunde, wenn Sie annehmen, daß ihm Leid zugefügt wird. Ich werde Ihren Eifer belohnen.

DRACULA

Das Zimmer schien sich plötzlich um mich zu drehen. Und hätte der aufmerksame Herr Delbrück mich nicht gestützt, wäre ich sicher gefallen. In dieser Geschichte war alles so seltsam verlaufen, so übernatürlich und so schwer begreifbar, daß ich plötzlich den Verdacht hatte, Spielball jenseitiger Kräfte zu sein – eine Vorstellung, die mich fast um den Verstand brachte. Ich stand ohne Zweifel unter einem geheimnisvollen Schutz. Gerade zur rechten Zeit war eine Botschaft aus einem fremden Land gekommen, die mich vor dem Tod im Schnee und dem Rachen des Wolfes gerettet hatte.

Kurt Tucholsky

Walpurgisnacht

Der Dovre-Alte:
»Du meinst, wir hätten nicht auch unsre Zeitung?
Hier, bitte, hier schwärmt von dir, rot auf schwarz,
Die ›Blocksbergpost‹, ein Blatt von Verbreitung –«
Peer Gynt

Der Hexenweibel Sengespeck schnaufte alle Luft ein, die um ihn war. »Antreten!« brüllte er. Die Schwadron trat an.

Hundertsechzig Hexen, in zwei Reihen sauber ausgerichtet. Am rechten Flügel die Oberhexe Feodorowna Hippenkranz, danach Frau Hexe Deppe, danach Fräulein Mohrchen (aus Sachsen) und alle die andern. »Stillstann!« dröhnte Herr Sengespeck. Sie standen wie die Mauern. Der Weibel verlas den Dienst:

»Heute abend steht die Eskadron geschlossen vor dem Blocksberg am Südhang. Abrücken dazu um 10 Uhr. 11.40 Besichtigung durch Seine Exzellenz den †††. (Ein ganz unmilitärischer Schauer ging durch die Reihen.) 12 Uhr bis 4.30 Orgie, mit anschließender Parade vor Höchstebendemselben. 5 Uhr Abreiten. Es tritt alles ein.« Sengespeck ließ das Blatt sinken. »Also heute ist der große Tag. Daß mir der Anzug in Ordnung ist! Der Donner holt euch! Die Besenstiele gut gestriegelt, die Lumpen vorschriftmäßig, Haare in die Stirn gekämmt. Stiefel: keine. Weggetreten!« Hurr – weg waren sie. Und putzten.

Die Zweite Schwadron des Zehnten Teuflischen Hexenregiments war zur Zeit in einer kleinen Häusergruppe im Thüringischen, in der Nähe von Elend, einquartiert. Der Flecken galt für verlassen und unbewohnt, war es aber nicht. Der Flecken war belegt, völlig belegt, nicht ein Plätzchen mehr war frei.

Hier wurden für das große Blocksbergmanöver alle Hexen der Umgegend ausgebildet; nur wenige waren abkommandiert, weiter ihren friedlichen Beschäftigungen nachzugehen, das Vieh zu behexen, böse Winde zu bannen und den Kindern Angst und Schrecken einzujagen. Hier aber herrschte der rauhe Ernst des Lebens. Hier wurde gearbeitet und exerziert, gedrillt und gewettert, daß es eine Lust war. Wochen und Wochen und Monate – und das alles für den einen Freitag, den dreizehnten November, für diese eine Nacht …

Frau Oberhexe Hippenkranz gab den grünen Liqueur aus. »Trinkt, Kinder, trinkt!« sagte sie zu den Novizen, die noch keinen Blocksberg mitgemacht hatten, »ihr werdet's brauchen, die Nacht ist lang!« Das wimmelte und krabbelte in der Stube des Achten Beritts: Die Carmagnac (eine Emigrantenhexe) legte Rouge und Hexenfett auf; die Schulzen, ein ausgekochter, alter Jahrgang, versteckte ihre riesigen grünen Ballschuhe an ihrer Büste, das rothaarige Fräulein Mohrchen aus Sachsen band die Korsettschnüre ans Bett und ging mit zusammengepreßten Lippen ein Stück ins Zimmer hinein, bis sie schlank war wie eine Stopfnadel; die kleine mollige ›Perle‹ hingegen (eigentlich hieß sie Lieschen Peiermann und war die entartete Tochter einer sonst feinen Familie) hatte schon einen kleinen Schwips und kitzelte unaufhörlich lachend ihren schwarzen Kater, der auf ihren weißen Schultern buckelte. Und sie putzten und lärmten und stießen sich von den Spiegeln fort, alte und junge, braune und schwarze, schlanke und fette und verhutzelte.

Der Novemberregen klatschte gegen die Scheiben – in bösen Stößen rannte der Wind gegen das Haus an. Oben die Schuhus – alte castilianische Fledermäuse – klappten mit den großen Flügeln und sahen mit ihren glühenden Augen in die Schornsteine, wann die Madamen fertig wären. Es war heute Freitag – die klugen Tiere ahnten, was in der kalten Luft lag. Nur der alte Wach-Uhu war in seinem Verschlage und hatte sich ganz dick aufgeblasen. Er saß, satt und faul, auf einem toten Eichhörnchen, seinem Abendbrot – fressen mochte er noch nicht, aber er saß zunächst einmal drauf. –

Aus der Weibelstube erklang gewichtiges Räuspern. Herr Sengespeck trank den letzten Schluck Burgunderpunsch aus seinem kugeligen Glase und setzte es seufzend auf den Tisch. »Buah!« sagte er, »das ist ein Wetterchen! Dienst ist Dienst, aber es wäre doch ein gemütlicher Abend gewesen, sozusagen, bei den warmen Kacheln da und dem Knaster hier… Pfui, Rudolf, wer wird so etwas denken! Heute, am Ehrentage deines Herrn! Na, dann los!« Auf dem Tisch lag aufgeschlagen der Malleus maleficarum, eine Prachtausgabe des altehrwürdigen ›Hexenhammers‹, aufgeschlagen bei Kapitul XXVII: ›So die widerspänstige Hexe im casu incubi beim Inquirieren leugnet und was darauff zu geschehen‹, und daneben stand die dunkelgrün bauchige Flasche mit Stobbes Machandel 00. Ach –! Und mit einem wehmütigen Blick auf all diese Herrlichkeiten machte er sich ans Umkleiden und tat die Gala-Uniform an: dunkelgrüner Rock mit gelben Aufschlägen und goldenem Kragen. Auf den Achselstücken brodelten die kleinen Fegefeuer mit gekreuzten Ofengabeln darüber: die Weibelabzeichen.

Stöhnend zog der beleibte Mann das Koller fester. ‘s war nicht der erste Blocksbergdienst, den er machte; wer seit 1897 Jahr für Jahr die kalt-heißen Nächte durchbraust hat, der weiß, was das heißt. Wie die Zeit vergangen war! Wo waren alle die andern –? Der rote Ignaz und Sergeant Presel (genannt der Kreuz-Junge) und der alte Wachtmeister Herrmann von der Zweiten Reitenden Wilden-Jäger-Brigade – wo waren sie alle? Dahin, dahin! Tot oder pensioniert oder Lotteriekollekteure – dahin, dahin! Noch einmal sah Sengespeck auf den braven Ofen in der warmen Ecke – dann riß er entschlossen die Tür auf. »Antreten!« donnerte er.

Ein wildes Getrappel und Gelaufe entstand in der Hütte, in

den Häusern, draußen auf dem Platz. Hier saß einer der Gürtel noch nicht, der war das samtene Halstuch verrutscht und der das Strumpfband gerissen – die eine vermißte ihren Besenstiel, die andre goß ihr Riechfläschchen über den Tisch – hallo! Aber dann standen sie doch.

Durch die rissigen Wolken schien der Mond. Der Weibel musterte grimmig seine Garde. »Achtung! Stillgestanden! – Hexe Fellinger, etwas zurück! – Der linke Flügel weiter nach vorn! – Die kleine Hexe da den Kopf nicht so hoch! – Also: immer, wenn was nicht klappt, mir ansehen! – Wenn Seine Exzellenz fragt, klipp und klare Antworten! – Und bei der Orgie muß das gehen wie das Donnerwetter!« Er holte Atem. »Zum Aufsitzen fertig! Aufgesessen! Eskadron – Terrrab!« Hui! Durch den Hausflur, durch die Esse brauste es hinaus in die kalte, kalte Nacht!

Die Schuhus hielten die Spitze. Dann, hoch zu Besen, Sengespeck und die Schwadron. Es ging über schweigende Dörfer, über rauschende, schäumende Wälder, Laub wirbelte in der Luft, und wenn der Mond einmal durch die Wolkenfetzen strahlte, fiel sein verschleiertes Licht auf den hastig galoppierenden Zug. Ein Besenstiel scheute – fluchend riß ihn die Reiterin zurecht.

Mit hellem Pfeifen flog ihnen der Wind an den Ohren vorbei. Einmal spähte Sengespeck scharf nach unten – was gab es da? Der Mond leuchtete grade auf; ein Bauernweib kämpfte sich, die Röcke über den Kopf geschlagen, ihren Weg nach Hause ... man sah mehr von ihr, als gut war. Jetzt wurden auch die Hexen aufmerksam – ein kreischendes Geschrei durchtönte die ziehende Luft. Erschrocken rannte unten das Weib, von Grauen gepackt – hohnlachend sauste oben die Schar weiter, hinein in das windige Dunkel.

»Tête links!« kommandierte Herr Sengespeck mit mächtiger Stimme. Da schwenkten sie ab, die Schuhus gaben Laut, andre antworteten aus der Ferne – und schwer atmend hielt

die ganze Schwadron im Windschutz eines hohen Hügels. »Parole!« rief eine Stimme aus der Nacht. »Hie gut Luzifer allewege!« sagte der Weibel würdevoll. Da hielt das Regiment.

Sie ordneten sich. Keine einfache Sache in der jetzt stockdunkeln Nacht, aber das war oft geübt, und es klappte. Mit halblauter Stimme gab Hexe auf Hexe die Befehle weiter – sie schaukelten, sie stießen einander an und bewegten sich hin und her: Da standen sie, ein geschlossenes Ganzes. Fahl leuchteten die weißen Nachtjacken der Oberhexen durch das Halbdunkel, der Mond flackte, dunkel und hell, wie der Wind die Wolken über ihn trieb … Pause. Und dann kam es.

Ein Pfiff durchschnitt die Luft, es sauste, ein roter Schein leuchtete auf, eine geborstene Glocke klang, und vier Wölfe heulten lange. Die Hexen zitterten. Das war ER! Der Weibel riß das Kinn an die Binde – es gab ihm doch immer wieder einen Ruck, alle Jahre: Es war ein großer Augenblick! Er trat vor.

Da dampfte dunkelrot der ewige, unvergeßliche Wagen, da klang die Glocke, da saß der alte höllische Kutscher auf dem Bock, der die purpurne Leine fest in der Faust hielt. Die Wölfe ließen die langen Zungen hängen und jappten nach Luft. Ihre Flanken flogen. Sie strömten vor Schweiß. Im Fond, hinter dem schwefelgelben Schlage: die Exzellenz.

Der Weibel war stolz auf seinen Herrn, wie alle Jahre. Bei den drei Kreuzen! welch ein Mann! Gar nicht der geschniegelte Spanier, wie ihn sich die Büchermacher abbildeten, die ihn nie gesehen hatten: ein einziger Wille, eine einzige Energie, ein Block von Stahl! Der Unterkiefer schob sich weiter vor, die Backenknochen strebten auseinander, die schrägliegenden Augen funkelten. Der ††† sah den Weibel an.

Sengespeck zog die Luft ein. Er war der älteste Weibel im Regiment – er kannte das Handwerk: jetzt galt's! »Stillgesessen! Die Augen – licks!« Und, mit der Hand an der Mütze: »Zehntes Teuflisches Hexenregiment zur Orgie angetreten!«

Der Satanas zuckte mit keinem Muskel. Ein kurzes Kopfnicken – dann stieg er massig und schwer aus. Er war beleibt, aber nicht zu sehr – er meisterte seinen Körper, das sah man. Heute abend trug er die sparsam mit Gold abgesetzte, nachtblaue Uniform des Höchstkommandierenden. Auf dem Kopf saß ihm ein schwerer funkelnder Goldhelm mit getriebener Arbeit. Er klappte den Mund auf, ein riesiges Gebiß wurde sichtbar. »Augen – gerrradee – haus!« bellte seine tiefe, metallene Stimme. Er reckte den rechten Arm in die Höhe – in seiner Faust flatterte die Flamme einer Fackel. (Es war Könnemanns Höllenfackel ›Lux‹, ein altbewährtes Fabrikat.) Vor ihm die Hexengesichter strahlten grünlich, sein Auge fiel auf eine Rothaarige in der zweiten Reihe, die regungslos saß, die Schenkel fest an den Stiel geklemmt, ihre Nasenflügel bebten. Sein Flammenblick überlief sie alle.

»Hexen!« sagte er. »Ich freue mich, euch hier begrüßen zu können. Ich hoffe, daß die zwölfhundertachtundachtzigste Walpurgisnacht so verläuft wie alle andern! Das Zehnte Regiment hat eine ruhmreiche Vergangenheit: Die Bernsteinhexe hat ihm angehört; Maria Schwandnerin, die Mutter meiner Mutter, unsre allverehrte Großmutter, hat dem Regiment jahrelang vorgestanden! Hexen! Macht's gut heute nacht! Und nun auf zum Blocksberg! Hoi-ho-to-ho!« Und: »Hoi-ho-to-ho!« antwortete ihm der jauchzende Chorus. Der Weibel riß den Schlag auf, die Wölfe zogen an, und das ganze Regiment folgte der Fackel des Führers, durch die Luft, über ein Tal, hinauf, hinab – zum Blocksberg.

Da zeigte sich's, was es mit alter Tradition auf sich hat: Da stand das Hexenheer, die Fackel zog einen Strahl durch das Dunkel, und nun gab es kein Halten mehr. Das strudelte und raste durcheinander, scheinbar wirr und wild tobten die Formationen darauflos, kopfüber, kopfunter, rund um den Galgen auf der Kuppe, durch die Wolken, durch die Täler – aber keiner rutschte der Leitung aus der Hand, da war alles auf seinem Platz: Mann, Führer und Unterführer. Die Arbeit eines langen Jahres war nicht umsonst gewesen.

Unter dem Galgen auf der Höhe stand der Herr der Hölle und sah gefalteten Mundes auf das Gewühl. Da waren die ruhmreichen Bataillone, da waren sie alle, alle: das Siebente Preußische und das Erste Kurhessische und die Thurn- und Taxis-Hexen und die Schwyzer Mahre und, auf Eisenstangen reitend, die Essener Feuerhexen; sogar Holsteinische Nixen schwebten dahin. Kobolde waren da, an ihrer Spitze der Geheime Oberstaatskobold des Innern und die Wilden Jäger und die Freischützen; Gespenster fremder Höfe – das Kaiserlich Türkische Hofgespenst war persönlich anwesend und schnitt der Weißen Frau die Kur – und dazwischen immer wieder Hexen, Hexen! Alte verschrumpelte und junge schwellende, fliegende und kriechende, Ginsterhexen, Moorhexen und die Fliegerhexen. Der Fürst wandte sich jäh. »Wo ist die Verehrungswürdige aus Hänsel und Gretel?« fragte er seinen Adjutanten. Der Graf schnellte verbindlich nach vorn. »Sie ist schon zu gebrechlich, Exzellenz – man hat den lächerlichen Triumph der Kinder so oft beklatscht und die alte Dame dabei ausgelacht ...!« »Das Pack!« knirschte der Fürst. »Ich danke.« Oben auf dem Gestänge des Galgens sangen die fünf Vokalvögel ihr schauerliches Lied: der Aha, Ehé, Ihi, Oho, Uhu! Dahinter fiel der Fels steil ab. Unten kochte der rauschende Wildbach. Der Sturm hatte nachgelassen; man konnte es fast lind nennen, was da wehte; und auch der Mond traute sich nun ganz heraus, Vollmond, der er war, bleich und bläulichhell. Da spielten die Kobolde zum Tanz auf, ihre ungefügen Dudelsäcke wackelten im Luftzuge – da kletterten kleine Marketenderteufel total betrunken aus rollenden Spritfässern, etwelche schoben Kegel – welche Kegel! welche Kugeln! – und die Hexen schrien und ritten und küßten sich satt für ein ganzes Jahr. Manche äfften ein Hexengericht, mit den peinlichen Fragen. »Willtu leugnen, daß dir der Teufel beigewohnet? – Willtu – hat du – willtu –«, und jeder neue Unflat wurde mit unauslöschlichem Gelächter begrüßt. Dann schleppten sie die fröhliche arme Sünderin zu einem künstlichen Feuer, und jauchzend tanzten sie in den lohenden Flammen.

Ah – die schlanke Rothaarige! Eine Gefreitin von den Zehner Hexen! Der Fürst machte einen Schritt nach vorn. Sie hatte ihn gesehen und erbleichte. Diskret wandte sich der Adjutant ab. –

Der Weidenbusch schwankte, vom Wind geschüttelt. Was schweigt sie? dachte die Exzellenz. Wenn sie doch spräche. Da sprach sie. »Sei brudal, du sießer Schdirmer!« sagte die junge Hexe und schloß die Augen. Mein Leipzig lob ich mir –! und gerührt schloß sie der Teufel in seine Arme.

Die Orgie nahm ihren Verlauf; und immer lockender und weicher spielten und klangen die Aeolsharfen der Tübinger Hexenkapelle unter Herrn Musikleiter Justinus Kerner, und immer schmelzender sang der Sirenenchor.

In den Nebentälern geht es gemütlicher zu. Da machen die älteren Herrschaften ein ehrbares Tänzchen, da dreht sich die Salinenhexe mit einem alten Sergeanten im Rheinländer, es walzen die Mitglieder des »Vereins ehemaliger Fünfer« mit Frau und Base – da wurde manch Feuerlein angefacht, an dem schnauzbärtige Korporale ernst und maßvoll tarockten. Auch der Wilde Sonntagsjäger war da – des gefürchteten Wilden Jägers gutmütiger Vetter vom Lande, ein behäbiger Koloß in bequemer Lodenjoppe. Das gute Blocksbier hatte es ihm angetan, Lieder seiner Jugend stiegen gleich Blasen in ihm auf, und längst verklungene Zeiten wurden noch einmal wach. Und schlurfend und schaukelnd wackelte er durch die Luft, im Arm lag ihm ein Besenstiel, den eine trunkene Hexe verloren haben mochte, und während die Musik einen neumodischen Wackler intonierte, sang er unentwegt und stillvergnügt vor sich hin:

»Sie spielt auf ihrem Tingelingeling
Von sieben bis um eins –
Und hat mit ihrem Tingelingeling …«

»Aber Adolf!« flüsterte seine Frau und zupfte ihn am Ärmel. »Was sollen die Leute dazu sagen!«

Draußen rast das Fest. Schneller und schneller wirbeln die Massen durcheinander. Ein bacchantischer Zug tobt durch die Luft, voran ein alter Hexenmeister auf einem grauhaarigen Ziegenbock, hinter sich schleift er, einem Kometenschweife gleich, die Hexen von Harvestehude. Sie liegen lässig auf den Besenstielen, ihren Kopf haben sie hintenübergelegt, die Haare flattern … Und sie singen! Das Hexenlied – horch!

»Soon … Topp…
Voll Snuten und Poten,
Gefüllt bis an den Rand.
Swattsur mit Klüten,
Das schmeckt uns ganz charmant!
Erbsen und Bohnen
Mit Swinfleesch nicht so knapp …«

Das Gewühl schließt sich hinter ihnen, sie müssen schon weit fort sein, denn nur im Hall des Windes tönt es noch:

»Nach son Gericht
Da leckt man sich
Bestimmt die Finger ab!«

Und zuckend umschlingen die Landhexen die Nickelmänner, die Kobolde, die Freischützen – ihre Lippen sind durstig, denn es ist nur einmal dreizehnter November im Jahr –!

Der Fürst stand wieder unter dem Galgen; der Adjutant, unmerklich lächelnd (eine besondere Kunst aller Adjutanten), hinter ihm. Regungslos verharrte der Teufel, den Blick starr auf den Horizont gerichtet. War das ein heller Schein –? Er sah auf den prachtvollen Chronometer, das Geschenk eines bekannten Berliner Blumenmediums. Fünf Minuten vor halb fünf. »Lassen Sie abblasen, Graf!« sagte er.

Ein grauenhafter Ton übertönte das Ganze. Der Hornistenkobold setzte, zitternd vor Anstrengung, das mißgestaltete Instrument ab – da stand alles. Wieder hob er es, wieder hallte das Horn, als ob ein Ochse abgestochen würde – da ordnete sich das Heer. Gleich trat zu Gleich, Zug zu Zug, Bataillon zu Bataillon – die Feuer erloschen, das Getümmel nahm ab.

Und das Horn erklang zum dritten Mal! Einen nie geahnten, fürchterlich gequetschten Ton gab es von sich – und da zog durch die Luft noch einmal alles am Galgen vorbei: die Gäste, die Führer, die Hexen – alle! In zwei Gliedern, stramm ausgerichtet, im gleichen Trab, die Besenköpfe in einer Reihe – ein Wunder der Disziplin! Und dann erst hielten sie, machten Front und standen fest. Das Ganze halt! Stille.

»Hexen!« rief der Fürst mit weithinhallender Stimme. »Ich war mit euch zufrieden! Ihr habt – jede für sich – Ehre eingelegt! Ganz besonders von den Zehnern nehme ich die besten Eindrücke mit nach Haus! Ich verleihe dem Führer der Zweiten Eskadron, Hexenweibel Sengespeck, den silbernen Hexenhammer am Bande zu tragen! Mich sehr gefreut, mein lieber Sengespeck! Und auch ihr andern, lebt wohl! Bis zum nächsten Mal!« – »Bis zum nächsten Mal, Exzellenz!« donnerte das Heer. Die Glocke klang, die Wölfe heulten, durch seinen roten Dampf fuhr Satan davon. Und davon raste das Heer, in alle Richtungen der Windrose. Die Dorfkirchtürme sandten den Davonziehenden fünf zitternde Glockenschläge nach. Sieh – im Osten der erste graue Streif! Katrig zog der Tag auf. Der Blocksberg war leer.

*

Da lagen die Hexen der Zweiten Zehner-Schwadron wieder in der Hütte auf ihren Betten, kaum entkleidet – da lagen sie und schliefen einen totenähnlichen Schlaf. Nur die schlanke Rothaarige saß noch wach (ihr Schnürpanzer hing über einem Stuhl), dehnte sich befreit und lächelte satt. »Weeß Gneppchen«, flüsterte sie, »weeß Gneppchen!«

Drin aber in seinem Stübchen stand Weibel Sengespeck und betrachtete wieder und immer wieder in dem großen blanken Spiegel den blitzenden Hammer, der ihm so herrlich die Brust zierte. Er räusperte sich befriedigt. »Die wahre Tüchtigkeit«, sagte er zu seinem Konterfei, »wird doch stets anerkannt. Wie habe ich sie aber auch ausgebildet, ich, der Hexenweibel Sengespeck!« Er trat ganz nahe an das Glas heran. »Rudolf, das mußt du selbst zugeben: Den Hammer hast du dir ehrlich verdient! Aber ich hab es ja immer gesagt: Es geht nichts über einen alten tüchtigen Korporal! Du Ritter des silbernen Hammers! Gute Nacht –!«

III. Die Weiße Frau.

Gespenstische Begegnungen

Johann Wolfgang von Goethe

Doch im Erstarren such ich nicht mein Heil,
Das Schaudern ist der Menschheit bestes Teil;
Wie auch die Welt ihm das Gefühl verteure;
Ergriffen, fühlt er tief das Ungeheure.

Charles Dickens

Das Gespenst im Aktenschrank

»Ich bin heute abend, meine Herren«, sagte nun Mr. Pickwick und hoffte, damit ein Thema anzuschneiden, das alle Herren dieser Gesellschaft diskutieren konnten, »ich bin heute abend an einem Ort gewesen, den Sie, meine Herren, zweifelsohne sehr gut kennen, den ich aber schon seit mehreren Jahren nicht mehr besucht habe und den ich eigentlich sehr wenig kenne. Ich meine Gray's-Inn (eines der traditionsreichen »Inns of Court«, der Rechtshöfe oder Juristenherbergen der alten City of London, Anm. d. Hg.). Es sind doch merkwürdige kleine Winkel in einem solch großen Ort wie London, diese alten Rechtshöfe.«

»Beim Jupiter«, sagte der Vorsitzende flüsternd zu Mr. Pickwick über den Tisch hinüber, »Sie haben da ein Thema berührt, über das wenigstens einer von uns bis in alle Ewigkeit erzählen könnte. Darüber brauchen Sie nur den alten Jack Bamber zu befragen. Der hat noch nie von etwas anderem reden können als von den Rechtshöfen, und er hat so lange darin gelebt, daß er davon fast wahnsinnig geworden ist.«

Die Person, auf die Mr. Lowten angespielt hatte, war ein kleiner, gelber, hochschulteriger Mann, dessen Gesicht Mr. Pickwick noch nicht hatte sehen können, da er es gewöhnlich, wenn er schwieg, gesenkt hielt. Er wunderte sich aber, als der alte Mann sein verrunzeltes Gesicht sehen ließ und mit einem scharfen und fragenden Blick seine grauen Augen auf ihn richtete, daß solch bemerkenswerte Züge seiner Aufmerksamkeit auch nur für einen Augenblick hatten entgehen können. Unveränderlich lag ein bitteres Lächeln um seinen Mund. Er stützte sein Kinn auf eine lange und magere Hand, deren Fingernägel ungewöhnlich lang waren, und als er seinen Kopf zur Seite neigte und unter seinen buschigen grauen Augenbrauen hervorsah, lag in seinem lauernden Blick eine wilde Verschlagenheit, die abstoßend wirkte.

Das also war der Mann, der jetzt sein Gesicht den versammelten Herren zuwandte und in einen Strom von Worten ausbrach. Da dieses Kapitel aber lang genug und der alte Mann eine überaus bemerkenswerte Gestalt ist, so zollen wir ihm den nötigen Respekt und lassen ihn, auch weil es uns so besser paßt, in einem neuen Kapitel zu Wort kommen.

»Aha!« sagte der alte Mann, »aha! Wer hat da von den Rechtshöfen zu reden angefangen?«

»Ich, Sir«, erwiderte Mr. Pickwick. »Ich hatte eben bemerkt, was für wunderliche alte Plätze diese Rechtshöfe sind.«

»Sie!« sagte der alte Mann verächtlich. »Was wissen *Sie* schon von der Zeit, da sich die jungen Leute in diesen einsamen Zimmern einschlossen und lasen und lasen, Stunde für Stunde und Nacht für Nacht, bis ihre Vernunft sie über ihren mitternächtlichen Studien verließ, bis ihre geistigen Kräfte erschöpft waren, bis das Licht des Morgens ihnen keine neue Stärkung und keine Gesundheit mehr brachte – und sie der unnatürlichen Hingabe ihrer jugendlichen Energien an diese alten trockenen Bücher erlagen? Und wenn wir von einer späteren Zeit und einem anderen Tag reden, was wissen *Sie* schon von dem allmählichen Dahinsiechen durch Schwindsucht oder ein verzehrendes Fieber – die großartigen Ergebnisse des ›Lebens‹ und der ›Ausschweifung‹ –, denen diese jungen Leute in eben jenen Zimmern ausgesetzt waren? Was glauben Sie wohl, wie viele Unglückliche, die umsonst um Gnade gefleht haben, sich mit gebrochenen Herzen aus den Räumen der Rechtsanwälte entfernt und eine Ruhestätte in der Themse oder eine Zuflucht in irgendeinem Gefängnis gesucht haben? Es sind keine gewöhnlichen Häuser. Da ist nicht eine Platte in dem alten Getäfel, die nicht, wäre ihr die Macht der Rede und des Gedächtnisses gegeben, aus der Wand hervortreten

und ihre Schreckensgeschichte erzählen könnte – den Roman eines Lebens, Sir, den Roman eines Lebens! So alltägliche Plätze sie auch heute sein mögen, ich sage Ihnen, es sind seltsame alte Plätze, und ich würde lieber irgendeine Legende mit einem fürchterlichen Titel hören als die wahren Geschichten, die sich in einigen dieser alten Gemächer zugetragen haben.«

Es war etwas so Befremdendes in der plötzlichen Energie des alten Mannes und dem Thema, das diese Kraft hervorgerufen hatte, daß Mr. Pickwick auf keine Antwort gefaßt war.

»Schaut sie euch in einem andern Licht an!« fuhr der alte Mann fort, indem er seinem Ungestüm Einhalt gebot und seine Augen wieder den lauernden Blick annahmen, der, während der Alte so erregt sprach, verschwunden gewesen war. »Schaut sie euch in einem andern Licht an! Dann sind sie ganz alltäglich und keine Spur romantisch. Welch herrliche Räume für langsame Torturen! Denken Sie nur an den armen Teufel, der sein ganzes Geld fortgab, sich zum Bettler machte und seine Freunde anpumpte, nur um diesen Beruf ergreifen zu können, der ihm nicht eine einzige Brotkrume abwerfen sollte. Das Warten – das Hoffen – die Enttäuschung – die Angst – das Elend – die Armut – die vereitelten Hoffnungen und das Ende seiner Karriere – der Selbstmord oder die grausame armselige Trunksucht. Habe ich da nicht recht?«

Der alte Mann rieb sich die Hände und starrte vor sich hin, als ob er sich darüber freute, daß er eine neue Warte gefunden hatte, von der aus er über sein Lieblingsthema reden konnte.

Mr. Pickwick betrachtete den alten Mann mit großer Neugierde, und die übrigen Herren der Gesellschaft lächelten und blickten schweigend vor sich hin.

»Da reden sie von ihren deutschen Universitäten«, fuhr der kleine alte Mann fort. »Puh, puh! hier im Land haben sie Romantik genug, brauchen nicht einmal eine halbe Meile zu gehen. Nur denken die Leute einfach nicht daran.«

»Ohne Zweifel habe ich an die Romantik dieses besonderen Themas noch nie zuvor gedacht«, sagte Mr. Pickwick und lachte.

»Das haben Sie auch nicht«, sagte der kleine alte Mann, »natürlich nicht. Genauso, wie ein Freund von mir immer zu sagen pflegte: ›Was ist denn schon Besonderes an diesen Zimmern, eh?‹ – ›Sind wunderliche alte Zimmer‹, sagte ich. – ›Das stimmt auf keinen Fall‹, sagte er. – ›Einsam‹, sagte ich. – ›Aber nicht eine Spur davon‹, sagte er. – Schließlich hat ihn eines Morgens der Schlag getroffen, als er gerade seine Haustür aufschließen wollte. Mit dem Kopf voran ist er in seinen eigenen Briefkasten gefallen, und dort hat er dann ganze achtzehn Monate gelegen. Jeder im Haus hat geglaubt, er sei fortgereist.«

»Und wie hat man ihn schließlich gefunden?« wollte Mr. Pickwick wissen.

»Das Gericht beschloß endlich, daß man die Tür aufbrechen sollte, weil er schon über zwei Jahre keine Miete mehr bezahlt hatte. Das taten sie denn auch. Sie brachen das Schloß auf, und ein über und über mit Staub bedecktes Skelett in einem blauen Überrock, schwarzen Kniehosen und seidenen Strümpfen fiel dem Pförtner, der die Tür aufbrach, in die Arme. Seltsam, eh? Ziemlich seltsam, oder nicht?«

Der kleine alte Mann legte seinen Kopf noch mehr auf die Seite und rieb sich die Hände mit unbeschreiblichem Behagen.

»Da weiß ich noch einen anderen Fall«, sagte er, nachdem sich sein Kichern allmählich gelegt hatte. »Die Geschichte ist in Clifford's-Inn passiert. Der Mieter einer Dachwohnung – ein schlechter Charakter – schloß sich in seinem Schlafzimmerschrank ein und nahm eine Dosis Arsenik. Der Hausmeister dachte, der Kerl sei davongerannt, öffnete die Tür und schlug einen Zettel an, daß die Wohnung zu vermieten sei. Ein anderer Herr kam, mietete die Zimmer, möblierte sie teilweise neu und wohnte darin. Sonderbarerweise konnte er nicht recht schlafen – immer war er ruhelos und fühlte sich ungemütlich. ›Seltsam‹, sagte er. ›Ich werde im anderen Zimmer schlafen, und dieses werd' ich als mein Wohnzimmer nehmen.‹ Er wechselte also die Möbel aus und schlief auch nachts ausgezeichnet; aber plötzlich bemerkte er, daß er am Abend nicht mehr richtig lesen konnte. Er wurde nervös und fühlte sich ungemütlich und tat nichts anderes, als die Kerzen zu schneuzen und in die Luft zu starren. ›Ich kann das einfach nicht verstehen‹, sagte er, als er eines Abends vom Theater nach Hause kam, sich mit dem Rücken gegen die Wand lehnte, damit er sich nicht einbilden konnte, es halte sich außer ihm noch jemand im Zimmer auf, und ein Glas kalten Grog trank. ›Ich kann das einfach nicht verstehen‹, sagte er, und im selben Augenblick richtete sich sein Blick auf den kleinen Schrank, den er noch nie aufgemacht hatte, und der kalte Schauder rieselte ihm den ganzen Rücken hinab. ›Dieses ungewohnte Gefühl hab' ich doch schon einmal gehabt‹, sagte er. ›Ich habe das ganz bestimmte Gefühl, daß mit dem Schrank irgend etwas nicht in Ordnung ist.‹ Er nahm seinen ganzen Mut zusammen, stand auf, zertrümmerte das Schloß mit dem Schüreisen, öffnete die Tür, und drinnen stand bolzengerade in einer Ecke des Schrankes der letzte Mieter und hielt eine kleine Flasche fest in der Hand. Und sein Gesicht – na ...«

Als der kleine alte Mann mit seiner Geschichte fertig war, schaute er mit einem Lächeln grimmiger Freude in die aufmerksamen Gesichter der sich wundernden Zuhörer.

»Was für sonderbare Dinge Sie uns da erzählen, Sir«, sagte Mr. Pickwick und prüfte mit Hilfe seiner Augengläser das Gesicht des alten Mannes.

»Sonderbar!« sagte der kleine alte Mann. »Das ist Unsinn. Sie halten sie nur für sonderbar, weil Sie absolut keine Ahnung von diesen Plätzen haben. Diese Geschichten sind spaßig, aber ganz und gar nicht ungewöhnlich.«

»Spaßig!« rief da Mr. Pickwick unwillkürlich aus.

»Ja, spaßig, oder sind sie's etwa nicht?« erwiderte der kleine alte Mann mit einem diabolischen Blick, und dann, ohne auf eine Antwort zu warten, fuhr er fort: »Ich kannte einen anderen Mann – wart einmal – es sind jetzt schon vierzig Jahre her –, der mietete sich eine alte und feuchte und schon ziemlich verfallene Wohnung in einem der ältesten Rechtshöfe, die schon seit unzähligen Jahren leer und abgeschlossen war. Man erzählte sich eine ganz schöne Menge Altweibergeschichten über die Wohnung, und man kann sich leicht vorstellen, daß sie nicht gerade erfreulich waren. Aber er war ein armer Teufel, und die Zimmer waren billig, und das war für ihn ja die Hauptsache, auch wenn sie noch zehnmal schlechter gewesen wären, als sie ohnehin schon waren. Er mußte einige alte, wurmstichige Möbel und Geräte mit in Kauf nehmen, die sich in der Wohnung befanden, darunter einen großen Holzschrank mit Glastüren und grünen Vorhängen dahinter, der zum Aufbewahren von Papieren und Dokumenten diente. Für ihn war der Schrank ein vollkommen nutzloses Stück, da er keine Papiere zum Aufbewahren besaß, und was seine Kleider betraf, so trug er sie den ganzen Tag mit sich herum, und das war keine anstrengende Arbeit für ihn. Gut, er hatte sich also seine Möbel in die neue Wohnung bringen lassen – es war nicht einmal ein Wagen voll – und verteilte sie nun so in den Zimmern, daß seine vier Stühle möglichst wie ein ganzes Dutzend aussahen, setzte sich abends vor sein Feuer, trank das erste Glas von zwei Maß Whisky, die er einstweilen anschreiben ließ, und dachte darüber nach, ob sie wohl jemals bezahlt werden würden, und wenn das der Fall sein sollte, wieviel Jahre dazu nötig wären. Während er nun so nachdachte, fiel plötzlich sein Blick auf die Glastüren des Holzschrankes. ›Ah‹, sagte er. ›Wenn ich nicht gezwungen gewesen wäre, diesen häßlichen Kasten von dem schäbigen Makler zu übernehmen, hätte ich mir was Bequemeres für das Geld kaufen können. Ich will dir was sagen, alter Kerl‹, sagte er und sprach laut mit dem Schrank, weil er zu niemand anderem sprechen konnte. ›Wenn es nicht mehr kosten würde, dein altes Gerippe zusammenzuschlagen, als du als Brennmaterial wert bist, dann hätte ich im Handumdrehen Feuer aus dir gemacht.‹ Er hatte den Satz noch nicht ausgesprochen, als er einen Ton, der ganz nach einem schwachen Seufzer klang, aus dem Inneren des Schrankes kommen hörte. Natürlich erschrak er im ersten Augenblick, aber gleich darauf dachte er sich, daß das Stöhnen wohl von einem jungen Kerl im anschließenden Zimmer kommen müsse, der sich beim Essen den Magen verdorben habe, und so legte er die Füße auf den Kaminvorsatz und nahm das Schüreisen in die Hand, um das Feuer ein wenig aufzustochern. Im gleichen Augenblick hörte er wieder denselben Ton, und eine Glastür des Schrankes öffnete sich ganz langsam und ließ eine bleiche und abgemagerte männliche Gestalt sehen, die aufrecht im Schrank stand und beschmutzte und verschossene Kleider trug. Die Gestalt war groß und hager, und das Gesicht drückte Sorgen und Kummer aus; aber es lag etwas in der Hautfarbe und überhaupt in der geisterhaften und unirdischen Erscheinung, das er noch an keinem menschlichen Wesen wahrgenommen hatte. ›Wer bist du?‹ fragte der neue Mieter und wurde ganz blaß, faßte aber das Schüreisen nur um so fester und zielte damit auf das Gesicht der Gestalt. ›Wer bist du?‹ – ›Werfen Sie das Schüreisen nicht nach mir‹, erwiderte die Gestalt. ›Auch wenn Sie sicher wären, daß es mich treffen müßte, so würde es doch, ohne auf Widerstand zu stoßen, durch mich hindurchgehen und in die Rückwand des Kastens sausen. Ich bin ein Geist.‹ – ›Und bitte, würden Sie mir vielleicht sagen, was Sie hier wollen?‹ stammelte der neue Mieter. – ›In diesem Zimmer‹, erwiderte der Geist, ›in diesem Zimmer wurde mein irdisches Glück zerstört, und ich und meine Kinder wurden zu Bettlern gemacht. In diesem Schrank waren die Papiere eines langen, langen Prozesses aufbewahrt, die sich mit den Jahren immer höher häuften. In diesem Zimmer haben, als ich schließlich aus Kummer und vereitelter Hoffnung starb, zwei grausame Harpyien den Reichtum unter sich geteilt, um den ich während meines ganzen elenden Lebens gestritten hatte und von dem zuletzt nicht ein Penny für meine unglücklichen Nachkommen übrigblieb. Ich habe sie aus diesen Zimmern vertrieben, und seit diesem Tag geistere ich jede Nacht – denn das ist die einzige Zeit, da ich die Erde wieder besuchen kann – auf dem Schauplatz meines langen Elendes umher. Diese Wohnung gehört mir; geben Sie sie mir zurück.‹ – ›Wenn Sie darauf bestehen, jede Nacht in diesem Zimmer hier erscheinen zu wollen‹, sagte der neue Mieter, der sich, während der Geist seine trockene Geschichte erzählte, von seinem Schrecken erholt hatte, ›dann werde ich Ihnen mit größtem Vergnügen den Besitz überlassen. Aber ich hätte noch gern eine Frage an Sie gerichtet, wenn Sie es mir erlauben wollen.‹ – ›Fragen Sie‹, sagte der Geist streng. – ›Nun‹, sagte der neue Mieter, ›ich wende diese Beobachtung nicht auf Sie persönlich an, weil sie für die meisten Geister zutrifft, von denen ich gehört habe; aber es scheint mir doch ein wenig absurd, daß ihr Geister, die ihr doch Gelegenheit habt, die schönsten Flecken der Erde zu besuchen – denn ich vermute, daß Entfernungen für euch nichts bedeuten –, immer gerade jene Plätze aufsucht, an denen es euch am schlechtesten ergangen ist.‹ – ›Wahrhaftig, da haben Sie recht; daran habe ich noch nie gedacht‹, sagte der Geist. – ›Sehen Sie, Sir‹, fuhr der Mieter fort, ›das Zimmer ist doch eigentlich sehr ungemütlich. So, wie der Schrank aussieht, scheint er mir nicht einmal frei von Holzwürmern zu sein, und ich meine wirklich, daß Sie viel gemütlichere Wohnungen beziehen könnten. Dabei will ich noch gar nicht einmal das Londoner Klima erwähnen, das doch ohne Zweifel äußerst unangenehm ist.‹ – ›Sie haben sehr recht, Sir‹, sagte der Geist mit aller Höflichkeit, ›der Gedanke ist mir noch nie gekommen. Ich werde sofort eine Luftveränderung versuchen.‹ Tatsache ist, daß der Geist, während er sprach, zerging; seine Beine waren schon fast verschwunden. – ›Und wenn, Sir‹, rief ihm der neue Mieter nach, ›und wenn Sie die Güte haben würden, den anderen Herren und Damen, die damit beschäftigt sind, alte und leere Häuser heimzusuchen, zu sagen, daß sie's anderswo viel gemütlicher haben könnten, dann würden Sie der menschlichen Gesellschaft einen unbezahlbaren Dienst erweisen.‹ – ›Das werde ich tun‹, erwiderte der Geist. ›Wir müssen doch dumme Kerle sein, ausgesprochen dumme Kerle. Ich kann mir gar nicht denken, warum wir bisher so dumm gewesen sind.‹ Und mit diesen Worten verschwand der Geist, und was noch bemerkenswert ist«, so fügte der alte Mann hinzu und warf einen verschlagenen Blick auf die Herren am Tisch, »der Geist hat sich nicht mehr blicken lassen.«

Aus: Die Pickwickier

D. E. Jenkins

Die Weiße Dame vom Abernathy-Paß

»The White Lady of the Pass« ist eine beliebte walisische Touristenattraktion. Aus dem Felsen über dem Fluß ragt in etwa 300 Fuß Höhe ein scharfgeformter weißer Stein hervor. Man sieht ihn am besten von dort aus, wo man ihn zuerst erblickt, wenn man sich dem Paß von Bedd Gelert aus nähert. Wir haben sie zum erstenmal in einer hellen Mondnacht im September gesehen, und die optische Illusion war vollkommen. Immerhin kann man sich nur schwer vorstellen, daß diese Formation die Versteinerung einer wirklichen Frau ist; und ein intoleranter Leser mag uns vielleicht mit starken Ausdrücken belegen, weil wir so einen Unsinn überhaupt erwähnen – aber geht sie nicht, Gott sei's geklagt, seit vielen Jahren auf diesem Paß um, und hat sie nicht so viele Menschen in tödliche Angst versetzt, daß man darüber wenigstens einmal unverbindlich diskutieren sollte? Wir wissen nicht, was für eine seltsame Geschichte über ihr furchtbares Geschick in der Vergangenheit begraben liegt. Fast immer ist sie solchen Menschen erschienen, die bald danach einen schweren plötzlichen Tod erlitten. Schließlich soll ihrem Herumspuken ein Ende gesetzt worden sein; nun steht sie als Stein im Fels und muß sich von allen Leuten begaffen lassen.

Sie war jedoch nicht der letzte Geist, der bei diesem Paß gesehen worden ist. Ein uralter Mann hat uns erzählt, was ihm selbst geschah, als er einmal auf dem Heimweg nach Portmadoc war. Er schritt rüstig aus, dachte an seine Liebste, von der er sich eben verabschiedet hatte, und da tauchte auf einmal ein riesiger Bullenbeißer, so groß wie ein einjähriges Kalb, aus dem Nichts auf und lief neben ihm her. Er zitterte wie Espenlaub, kalter Schweiß troff von seiner Stirn, und er wandte den Kopf, um sich die Kreatur genauer anzusehen. Während er noch überlegte, wie er sich verhalten sollte, verschwand der Hund und wurde nicht mehr gesehen. Der verstorbenen David Evans aus Meillionen sah an der gleichen Stelle zweimal einen Geist, einmal als feurige Gestalt. Beide Male war er zu Pferde, und das Tier scheute dermaßen, daß Roß und Reiter ernsthaft Schaden nahmen und man eine Zeitlang an Evans' Aufkommen zweifelte.

Friedrich Hebbel

Eine Nacht im Jägerhaus

»Kommen wir denn nicht bald nach D.?« rief Otto ungeduldig seinem Freund Adolf zu und fuhr heftig mit der Hand an seine linke Wange, weil er sich an einem Zweig geritzt hatte. »Die Sonne ist längst untergegangen, die Finsternis kann kaum noch größer werden, und ich kann mich kaum mehr auf den Beinen halten.«

»Ich glaube, wir haben uns verirrt«, entgegnete Adolf kleinlaut. »Wir müssen uns wohl darauf gefaßt machen, die Nacht im Wald zu verbringen!«

»Das habe ich mir längst gedacht«, versetzte Otto ärgerlich. »Aber du mußt ja überall Bescheid wissen, auch da, wo du nie gewesen bist. Hungrig bin ich auch, wie ein Wolf.«

»Ich muß noch eine Semmel in der Tasche haben!« erwiderte Adolf und begann danach zu suchen. »Doch nein«, fiel ihm dann ein, »ich habe sie ja dem ausgehungerten Schäferhund zugeworfen, der im letzten Dorf an uns vorbeischlich.«

Eine lange Pause trat ein, wie sie nur dann unter Studenten möglich ist, wenn sie todmüde sind. Die Freunde wanderten bald stumm, bald pfeifend, nebeneinander hin. Sie waren beide gereizt und schämten sich dieser Kleinlichkeit.

»Nun fängt's auch noch zu regnen an!« begann Otto endlich wieder.

»Wer eine Haut hat, fühlt es«, versetzte Adolf, »aber wenn mich mein Auge nicht täuscht, seh' ich drüben ein Licht!«

»Ein Irrlicht, was sonst!« sagte Otto halblaut. »Es gibt wahrscheinlich eine Menge Sümpfe hier!« Dessenungeachtet verdoppelte er seine Schritte.

»Wer da?« rief Adolf plötzlich und lauschte. Keine Antwort »Ich glaubte Schritte hinter uns zu hören!« sagte er dann.

»Man verhört sich leicht!« entgegnete Otto.

Währenddessen waren sie an ein einsam gelegenes Haus gelangt. Sie traten unter die Fenster und schauten hinein. Ein weites, ödes Zimmer zeigte sich ihren Blicken; der Putz war teilweise schon von den schlechten Lehmwänden gefallen, einige Strohstühle standen umher, und über dem halb zusammengebrochenen Ofen hingen zwei Pistolen und ein Hirschfänger. Im Hintergrund an einem Tisch saß ein altes, zahnloses Weib, das nur noch ein Auge hatte, und zu ihren Füßen lag ein großer Hund, der sich mit seinen ungeschlachten Pfoten zuweilen kratzte,

»Ich denke«, begann Adolf nach beendeter Musterung, »wir nehmen unser Quartier lieber unter einem Busch als in dieser Höhle. Da drinnen sieht es ja verflucht aus!«

Otto hatte dieselbe Äußerung auf der Zunge gehabt, aber gereizt wie er war, glaubte er in jedem Fall widersprechen zu müssen, und fragte spöttisch, ob Adolf denn Angst vor einem alten Weib hätte. Er selbst wisse nicht, warum sie nicht hineingehen sollten.

»Wenn du mich unbedingt mißverstehen willst ...«, versetzte Adolf scharf. »Die Alte sitzt bestimmt nicht unsertwegen da, sie wartet auf Gäste, und welcher Art die sind, ist schwer zu sagen. Sieh nur, wie sie sich das Auge reibt, das ihr von der letzten Schlägerei her übrigblieb, um den Schlaf zu verscheuchen, und wie sie das zahnlose Maul verzieht! Eine Schenke ist's ohnehin, denn drüben in der Ecke stehen Flaschen und Gläser. Aber wenn du hineingehst, gehe ich auch.«

Bevor Otto etwas erwidern konnte, erscholl hinter ihnen ein scharfes: »Guten Abend!«, und die Gestalt eines Mannes wurde in dem schwachen Lichtschimmer, der durchs Fenster drang, sichtbar; er war kurz und gedrungen, seine Augen wanderten verschlagen und listig von einem zum andern, und seinen Jägerhut hatte er tief in die Stirn hineingedrückt.

»Sie haben sich ohne Zweifel verirrt«, fuhr der Unbekannte fort, »und suchen ein Quartier für die Nacht. Danken Sie dem

Himmel, daß ich gerade von meinem Streifzug zurückkehre, meine alte Mutter hätte Sie nicht aufgenommen. Wenn Sie wollen, folgen Sie mir. Etwas besser als hier draußen werden Sie's in der Bodenkammer schon finden, die ich Ihnen einräumen kann. Bier und Brot stehen bereit, und eine Streu zum Schlafen läßt sich aufschütten.«

Der Hund schlug an, und die Alte stand auf und schleppte sich mit schweren Schritten zum Fenster.

»Ich bin's!« rief der Jäger. »Du, mein Sohn?« erwiderte sie in näselndem Ton und öffnete langsam die von innen verriegelte Tür.

»Nur immer herein!« sagte der Jäger mit zudringlicher Höflichkeit zu den Freunden. Sie folgten seiner Einladung nicht ohne Widerwillen, Otto zuerst. Sobald sie die Schwelle überschritten hatten, schloß der Jäger mit sonderbarer Hast die Tür hinter ihnen ab, während die Alte ihre Brille zurechtrückte und sie unfreundlich betrachtete.

»Noch nicht da?« fragte der Jäger, indem er sie ins Zimmer hineinnötigte, seine Mutter, aber so leise, daß nicht sie, die schwerhörig sein mochte, sondern nur Otto ihn verstand. Flüsternd trat er nun mit der Alten in eine Ecke, und mehr als einmal flog ein häßliches Lachen über sein Gesicht. Die Alte ging, einen seltsamen Blick auf die späten Gäste werfend, hinaus und kehrte bald darauf mit Bier, Brot und Käse zurück. Der Jäger schob zwei Stühle an den Tisch; sie lud, sich umsonst zur Freundlichkeit zwingend, mit stummen Gebärden zum Zulangen ein. Hungrig wie sie waren, ließen die Freunde es sich schmecken.

Mittlerweile nahm der Jäger die über dem Ofen hängenden Pistolen herab, lud sie sehr sorgfältig, ohne sich an dem Befremden seiner Gäste zu stören, schüttete sogar Pulver auf die Pfanne und steckte sie zu sich. Stillschweigend ergriff er nun die Lampe und führte die Freunde eine Leiter hinauf in eine alte Bodenkammer hinein, wo sie bereits ein Strohlager vorfanden. Mit einem kurzen »Gute Nacht!« wollte er sich jetzt wieder mit der Lampe entfernen. Beide baten ihn aber gleichzeitig, ihnen das Licht doch zu lassen.

»Das Licht?« fragte er verwundert. »Es tut mir leid, aber Sie werden bei mir schlafen müssen, wie man im Grab schläft, nämlich im Dunkeln. Meine Mutter hat selten eine Kerze im Haus, und die Lampe brauchen wir selbst, um – um ...«

»Um?« fragte Otto, als er stockte.

»Um den Abendsegen zu lesen, natürlich«, versetzte er, »nur die Gelehrten wissen ihn auswendig. Doch wer weiß, vielleicht haben Sie Glück, und wenn sich nur noch ein Stümpfchen Licht auftreiben läßt, bringe ich Ihnen die Lampe wieder herauf.«

Der Jäger ging und ließ die Freunde im Dunkeln.

»Was meinst du?« sagte Otto zu Adolf.

»Wir werden entweder gar nicht oder sehr lange schlafen!« versetzte dieser ernst

»Ist dort nicht ein Fenster im Dach?« fragte Otto.

»Scheint so«, erwiderte Adolf, »ich will doch einmal versuchen, ob man's öffnen kann.« Er tappte zum Fenster und bemühte sich, es aufzumachen.

In demselben Augenblick trat der Jäger wieder mit der Lampe ein.

Mit finsterem Gesicht rief er Adolf zu: »Das Fenster hat den Griff nur zur Zierde, es ist von außen vernagelt, außerdem sind eiserne Stangen angebracht, wie ich glaube. An frischer Luft wird's dennoch nicht fehlen, denn drei Scheiben sind entzwei!« Er ging zur Tür zurück, kehrte sich aber noch einmal um und sagte: »Wenn unten auch noch dies und das vorfällt, so lassen Sie sich nur nicht stören, Sie wird niemand belästigen!«

»Was gibt's denn noch so spät?« fragte Adolf.

»Ei nun«, versetzte der Jäger spöttisch, »eine Waldschenke hat bei Nacht den meisten Zuspruch!«

»Aber sicher ist man doch wenigstens?« rief Adolf mehr zornig als ängstlich.

»Wir haben ja unsere Waffen dabei!« bemerkte Otto mit erkünstelter Ruhe.

»Das freut mich!« entgegnete der Jäger laut lachend und warf die Tür hinter sich zu, daß die Pfosten bebten und das Fenster krachte. »Harras«, rief er draußen, »paß auf!« Der Hund legte sich knurrend und gähnend hart vor die Tür.

»Abgeriegelt!« sagte Otto zu Adolf.

»Gottlob, daß genügend Öl in der Lampe ist«, sprach Adolf und leuchtete in der Kammer herum. »Nun wollen wir sehen, ob sich unter all dem Gerümpel, das hier so wüst durcheinanderliegt, nicht ein Knüppel oder sonst etwas finden läßt, mit dem wir uns im Noffall verteidigen können.«

Jetzt begannen sie die Musterung der vielen in der Kammer aufgeschichteten Sachen. Otto fiel ein alter Kalender in die Hände, den er nur aufnahm, um ihn gleich wieder von sich zu schleudern. Adolf griff nach ihm und durchblätterte ihn. Nach einigen Minuten ließ er ihn mit leichenblassem Gesicht fallen und sagte: »Nun weiß ich, wo wir sind. Dies ist das Mordloch des …« (er nannte einen in ganz Deutschland berüchtigten Unhold, der erst vor einem halben Jahr in der Stadt, wo die Freunde studierten, wegen vielfachen Mordes enthauptet worden war), »sein Name ist in den Kalender eingeschrieben, und vermutlich sind wir die Gäste seines Sohns.«

Sich den Tod mit allen seinen Schrecken und Geheimnissen lebhaft vorzustellen, ist schon der halbe Tod. Die beiden Freunde sahen sich schon am Rand des Grabes stehen. Verzweifelt suchten sie nach einer Waffe, um ihrem Mörder nicht ganz wehrlos ausgeliefert zu sein. Vor Freude fielen sie sich um den Hals, als sie, hinter Brettern versteckt, ein rostiges Beil entdeckten. Im Triumph zogen sie es hervor und schwangen es, einer nach dem andern, ums Haupt

»Siehst du«, sagte Adolf, »es ist mit Blut befleckt!«

»Bespritzt«, entgegnete Otto schaudernd, »wie eine Schlächteraxt! Adolf, an eine solche Nacht dachten wir nicht, als wir heute morgen weggingen, um uns einen vergnügten Tag zu machen. Die Sonne schien so hell und freundlich, ein frischer Wind wehte, und wir machten Zukunftspläne!«

»Wer pocht?« fuhr Adolf auf und ging, das Beil zum Schlag erhoben, zur Tür.

»Es ist der Hund, der sich kratzt!« bemerkte Otto.

»Du hast recht«, versetzte Adolf, »das Tier schnarcht schon wieder laut. Komm, wir wollen uns auf unser Lager setzen und die Lampe auf jenen Block stellen!«

Sie taten es stillschweigend. Otto blätterte in dem Kalender und las eine Heiligenlegende, die er darin fand. Adolf sah mit unverwandtem Gesicht in den hellen Schein der Lampe. »Es ist doch schauerlich«, sprach er nach einem langen Stillschweigen, »an einer Stelle zu sitzen, wo der Mord vielleicht schon mehr als einen harmlosen Schläfer überraschte, während unten wahrscheinlich das Messer geschliffen wird, das uns in der nächsten Stunde die eigene Brust durchbohren soll. Ging nicht die Haustür?«

»Offenbar«, entgegnete Otto, gespannt aufhorchend, »auch höre ich ein Geräusch wie von verhaltenen Schritten; die Helfershelfer stellen sich ein!«

»Mir lieb«, sagte Adolf und sprang rasch auf. »Ich mag auf nichts warten, am wenigsten auf den Tod!«

»Wir sind zwei«, versetzte Otto, »und sie müssen erst die Leiter hinauf. Ich denke, alles kann noch gutgehen. Freilich, gegen eine Pistole … die Leiter knarrt, sie kommen, auf, ihnen entgegen!«

Mit schnellem Ruck schob Otto den Riegel zurück und wollte hinaustreten. Der Hund aber fletschte grimmig die Zähne und trieb ihn wieder hinein. Da ertönte die Stimme des Jägers.

»Pfui, Harras!« rief er hämisch. »Laß die Herren! Wenn sie deinen Schutz zurückweisen, so dränge du ihn nicht auf!«

Der Hund ließ die Ohren hängen und schlich gehorsam auf die Seite. Adolf ergriff die Lampe und trat an die Leiter.

»Noch nicht eingeschlafen?« fragte der Jäger.

»Was wollt Ihr noch?« entgegnete Adolf.

»Ja, was nur gleich?« versetzte, anscheinend verlegen, der Jäger. »Irgend etwas war's doch!«

»Ihr seid mir verdächtig!« rief Adolf, und sein Gesicht sprühte Flammen.

»Dann sind Sie wohl irgendwo Amtmann?« erwiderte der Jäger. »Die Herren Amtleute können meine Nase nicht ausstehen, sie sagen, sie sei schief; finden Sie's auch?«

»Kerl!« rief Adolf, trat so weit vor, wie er konnte, und setzte die Lampe auf den Boden.

»Kein Schimpfwort!« versetzte der Jäger heftig. »Ich glaube Ihnen auch so, daß Sie von dem Holz sind, aus dem man Geheimräte schnitzt. Aber«, fuhr er im alten Ton fort, »schieben Sie die Lampe etwas weiter weg, ich habe Husten, und wenn ich die Flamme aushuste, so ist es so schlimm, als hätte ich sie ausgeblasen. Sie sehen mich, wie es scheint, nicht gern oben? Nun, dann tun Sie mir den Gefallen und füllen Sie mir dies Maß aus der Kiste, die neben dem Schornstein steht, mit Hafer für meinen kranken Gaul. Oh, da haben Sie ja ein Beil. Wenn Sie das aber in der Tasche als Waffe bei sich trugen, muß sie sehr geräumig sein!«

Otto tat an Adolfs Statt, um was der Jäger gebeten hatte. Dieser zog sich hierauf zurück, die Freunde gingen wieder in die Kammer, auch der Hund nahm seinen alten Platz wieder ein.

»Eine seltsame Nacht!« sagte Otto zu Adolf. »Am Ende ist der Gauner doch allein im Haus, die Spießgesellen sind ausgeblieben, und da die Überrumpelung mißlang, verzichtet er auf die Tat.«

»Möglich«, erwiderte Adolf und sah nach seiner Uhr, »aber noch ist's früh.«

Ein Schuß fiel. Gleich darauf entstand ein sonderbares Geräusch vor dem Dachfenster.

»Wer da?« rief Adolf und leuchtete mit der Lampe hin. Er brach in lautes Lachen aus, denn er erblickte das philisterhaft-vernünftige Gesicht eines Katers, der, wahrscheinlich durch den Schuß erschreckt und vom Licht angezogen, emporgeklettert war und ihn zunächst, von dem hellen Schein der Lampe geblendet, unter possierlichen Gebärden anstierte, dann davonsprang. Bald hernach hörten sie unten einen schweren Fall wie von einem lebendigen Körper, den plötzlich ein Messerstich hinwirft. Dröhnende Schritte ließen sich vernehmen, dazwischen die näselnde Stimme des alten Weibes.

»Wie steht's?« fragte sie. – »Tot!« antwortete der Jäger dumpf und stieß einen Fluch aus.

»Jesus Christus«, rief die Alte rauh und gellend. Darauf wurde es wieder still.

Die Freunde wußten nicht, was sie von dem Vorgang halten sollten. Sie setzten sich aufs Bett. Jeder hing seinen Gedanken nach. Endlich fielen sie, da alles stumm und lautlos blieb, in einen unruhigen Schlummer. In diesem Zustand halben Wachens und halben Träumens kam es Otto zuletzt vor, als ob er die Lampe erlöschen sähe. Hastig fuhr er auf, glaubte sich aber getäuscht zu haben, da die Kammer immer noch im Dämmerlicht lag. Da bemerkte er mit unaussprechlicher Freude, daß die Morgensonne rot und golden ins Fenster schien, und weckte den finster aussehenden, schlafenden Freund, der, das Beil fest umklammernd, auf die Streu zurückgesunken war.

»Was gibt's?« rief Adolf und sprang auf.

»Schau nur!« sagte Otto und führte ihn zum Fenster.

»Gelobt sei Gott!« sprach Adolf. »Ich hatte einen häßlichen Traum. Ich glaubte, schon in Italien zu sein, und ging durch einen Wald. Da sprang ein Trupp zerlumpter Gestalten aus dem dichten Gebüsch hervor und umzingelte mich unter wildem Geschrei. Ich, in der Todesgefahr, rufe: ›Hackt denn eine Krähe der andern die Augen aus? Ich bin euresgleichen, seht hier den Beweis!‹ Dabei zieh' ich den kleinen, biegsamen Dolch, den ich, wie du weißt, auf der Frankfurter Messe von einem jüdischen Trödler gekauft habe, heraus. Die Räuber aber lachen mich nur aus. Nun kommt plötzlich auf einem stattlichen Roß ein zweiter Reisender daher, und einer aus dem Trupp tritt vor mich hin und spricht: ›Du bist, was wir sind? Gut, wir nehmen dich unter uns auf, nun geh und mach an jenem dort dein Probestück!‹ In dem Augenblick wecktest du mich, und jetzt erinnere ich mich, daß dies die alberne Geschichte ist, die mein verstorbener Oheim oft erzählte und die ich ihm nie glaubte, weil die Frage nach dem Ausgang des verwickelten Handels ihn immer in Verlegenheit brachte.«

»Wir wollen diese Nacht und ihre Träume vergessen«, sagte Otto, »und uns dem vollen, frischen Gefühl des Lebens hingeben wie in einem Rausch! Zum ersten Mal dürfen wir es als ein, wenn nicht erworbenes, so doch durch Wachsamkeit und Vorsorge erhaltenes kostbares Gut betrachten, nicht mehr als bloßes Geschenk!« Adolf drückte ihm warm und kräftig die Hand.

Jetzt erscholl die Stimme der Alten, die mit Andacht ihr Morgenlied absang. Deutlich vernahm man die fromme Gerhardtsche Strophe:

»Wach auf mein Herz, und singe
Dem Schöpfer aller Dinge,
Dem Geber aller Güter,
Dem treuen Menschenhüter!«

Unwillkürlich stimmten die Freunde mit ein und stiegen die Leiter hinunter. Unten trat ihnen, freundlich grüßend, der Jäger entgegen. Sein Gesicht kam ihnen bei weitem nicht mehr so unangenehm vor wie in der Nacht zuvor. Sie waren schon geneigt, ihm in ihren Herzen Abbitte zu tun, da bemerkten sie aufs neue jenen boshaften Zug um den Mund und jenes verdächtige Lächeln, und der Mensch wurde ihnen widerlicher denn je. Er entschuldigte sich, daß er sie noch spät habe stören müssen.

»Freilich«, setzte er hinzu, »konnte ich nicht wissen, daß Sie mit offenen Augen schliefen, wie die Hasen, und mich, so leise ich auftrat, hören würden.« Dann führte er sie in das Wohnzimmer, wo die Alte bereits einen Kaffee braute, dessen aromatischer Duft ihnen kräftig und stärkend entgegendrang. Sie hielten es für das klügste, ihn schweigend zu genießen. Hierauf erkundigten sie sich bei dem Jäger, der seinen Hund kämmte, was sie ihm schuldeten. Lakonisch und ohne aufzusehen versetzte er, er habe sich bezahlt gemacht.

»Fehlt dir etwas von deinen Sachen?« fragte Adolf, der sich nicht länger halten konnte, seinen Freund spöttisch. Als Otto dies verneinte, sagte er zu dem Jäger: »Auch ich habe das meinige beisammen, darum nennt die Zeche!«

»Meine Herren!« rief der Jäger und leerte, an den Tisch tretend, ein Glas Bier. »Ich will nicht länger Versteck mit Ihnen spielen. Sie lagen die Nacht hindurch auf der Folter, und die Folter hat man umsonst!«

»Eine Aufrichtigkeit sondergleichen!« versetzte Adolf und sah Otto an.

»Nicht wahr«, fuhr der Jäger fort, »ich irrte mich nicht? Ich bin in Ihren Augen, was der schwarze Mann in den Augen der Kinder ist?«

»Ganz recht, mein Freund«, sagte Adolf und klopfte ihm mit unterdrücktem Grimm auf die Schulter. »Ihr seid der rechte Sohn Eures Vaters!«

»Das versteh' ich nicht«, entgegnete der Jäger und wurde über und über rot. »Aber, dies versprech' ich mir, nicht ohne Schamröte sollen Sie mein schlechtes Haus verlassen. Sehen Sie die alte Frau dort, die Ihnen gestern abend Brot und Bier brachte und heute morgen den Kaffee? Es ist meine Mutter! Sie hat keine Zähne mehr; auch von den Ihrigen werden Sie zweiunddreißig vermissen, wenn Sie einmal siebzig Jahre alt sind. Sie ist einäugig, aber nur, weil die Hand eines bösen Buben ihr das linke Auge ausschlug, als sie in ihrer einsamen Hütte überfallen wurde und den sauerverdienten Sparpfennig ihres Mannes nicht gutwillig hergeben wollte. Und nun hören Sie: Ich stand gestern abend schon hinter Ihnen, als Sie durchs Fenster meine arme Wohnung betrachteten, und wollte Sie eben, zuvorkommend, wie es sich gehört, zum gastlichen Eintritt einladen, da begannen Sie Ihre schnöden Bemerkungen über meine Mutter, die mich um so mehr verdrossen, je besser ich es mit Ihnen gemeint hatte. Hitzig, wie ich bin, hätte ich auf der Stelle, verzeihen Sie, daß ich es sage, mit meinem derben Eichenstock dreinschlagen mögen, aber ich ließ den bereits erhobenen Arm wieder sinken, denn mir kam der Gedanke einer gründlicheren Rache. Ich nahm mir vor, Sie zur Strafe für Ihren ungerechtfertigten Verdacht in der Phantasie alles Schreckliche durchempfinden zu lassen, das Sie in Wirklichkeit bei mir getroffen hätten, wenn ich gewesen wäre, wofür Sie mich hielten. So trat ich denn mit meiner Einladung zu Ihnen heran, suchte Sie aber, sobald ich Sie im Bereich meiner vier Wände sah, durch Zweideutigkeiten aller Art zu den schlimmsten Vermutungen aufzuregen und konnte dies auch noch die halbe Nacht hindurch fortsetzen, da mich die Pflege meines kranken Gauls, der leider um ein Uhr tot hinfiel, ohnehin nicht ans Bett denken ließ.«

»Also war es«, unterbrach Otto den Jäger, »der Tod des Gauls, den Ihr Eurer Mutter auf ihre Frage, wie's stünde, verkündet habt?«

»Auch das haben Sie gehört?« versetzte jener. »Nun, der Zufall hat mir besser gedient, als ich ahnen konnte! Daran dachte ich nicht. Mir war aller Mutwille vergangen, als ich das schöne treue Tier, das ich erst vor wenigen Wochen um teures

Geld erstanden hatte, zusammenbrechen und alle viere von sich strecken sah. Ich schüttete den Hafer über den toten Körper und warf das Maß an die Wand, daß es zerbrach!«

»Seid Ihr«, fragte Adolf, »nicht der Sohn des –?« Er nannte den Namen des schon erwähnten berüchtigten Mörders, dessen Hinrichtung er mit eigenen Augen gesehen hatte.

»Heiliger Gott, nein«, erwiderte der Jäger entsetzt. »Wie kommen Sie zu einer solchen Frage?«

»Ein alter Kalender«, warf Otto ein, »den wir oben fanden, veranlaßte diesen Irrtum, der uns in der Nacht mit Angst und Schrecken erfüllte und ohne den Euer Plan gewiß nicht so gut geglückt wäre.«

»Was in der Kammer alles liegen mag«, versetzte der Jäger, »weiß ich nicht, ich habe mich noch nicht darum kümmern können, denn ich bin erst seit kurzem im hiesigen Revier angestellt und habe bis auf weiteres in dieser schrecklichen Mordhöhle, die nächstens eingerissen und an deren Stelle ein ordentliches Haus gebaut werden soll, Quartier nehmen müssen.«

»Ihr seid ein braver Mann«, rief Adolf aus und legte seine Börse auf den Tisch. »Nehmt das als Beisteuer zu einem neuen Gaul!«

Otto wollte in studentischer Unbekümmertheit um den nächsten Tag dasselbe tun, doch der Jäger schob das Geld zurück und sagte: »Ich nehme keinen Pfennig, es ist genug, wenn wir uns gegenseitig vergeben!«

Chinesische Erzählung

Das Gespenst im Gasthaus

Wenige Kilometer von der Hauptstadt des Bezirks Yang-hsin entfernt lag ein Gasthaus, das von einem alten Mann und seinem Sohn geführt wurde. Eines Abends klopften vier Reisende an die Tür, die dort die Nacht verbringen wollten. Da alle Betten belegt waren, wies der Wirt sie zunächst ab. Die Fremden, die todmüde und erschöpft waren, baten ihn jedoch so dringlich, sie unterzubringen, daß er schließlich nachgab und sagte:

»Wenn Ihr nicht zu wählerisch seid, könnte ich schon ein Plätzchen für Euch finden. Allerdings ist es nicht jedermanns Sache.«

Die Reisenden versicherten ihm, es sei ihnen ganz gleich, wenn sie sich nur endlich niederlegen und ausruhen könnten.

Nun war vor kurzem die Schwiegertochter des Wirtes gestorben und lag in einem der Frauengemächer – der Sohn des Wirts, der einen Sarg kaufen wollte, war noch nicht zurückgekehrt.

Der Wirt zeigte den Fremden das Zimmer und stellte eine Lampe auf den Tisch. Die Leiche lag, wie es üblich war, in Papiergewänder gehüllt, an dem einen Ende des Raumes, am anderen Ende waren Schlafstätten für vier Menschen.

Die Reisenden legten sich nieder und waren bald fest eingeschlafen. Nur einer war noch wach. Auch er war schon fast eingenickt, da hörte er plötzlich das Gestell, auf dem die Leiche lag, knarren. Er öffnete die Augen und sah im Lampenlicht, wie die tote junge Frau sich erhob und auf die Schlafenden zuging. Ein Seidenschal war um ihren Kopf gewickelt, und ihr Gesicht war leichenblaß. Sie beugte sich über die drei Schläfer und hauchte ihnen ins Gesicht. Von Grauen gepackt, zog der vierte die Bettdecke über den Kopf und hielt den Atem an. Er hörte, wie sie auch ihn anhauchte und dann zum Gestell zurückging, das knarrte, als sie sich darauf legte.

Er schob die Bettdecke ein wenig beiseite und sah, daß sie nun wieder starr dalag. Er wagte keinen Lärm zu machen, stieß nur heimlich seine Gefährten an, die sich jedoch nicht rührten. Er wollte sich gerade anziehen und davonstehlen, doch da ertönte das Knarren von neuem, und er schlüpfte schnell wieder unter die Bettdecke.

Abermals kam die junge Frau zu ihm, hauchte ihn mehrmals an und legte sich dann wieder hin.

Leise streckte er die Hand nach seiner Hose aus, zog sie an und rannte aus dem Zimmer, so schnell er konnte.

Auch die Leiche sprang auf und folgte ihm, doch schon hatte er die Tür entriegelt und stürzte davon, das Gespenst auf den Fersen, wobei er mit schriller Stimme schrie. Niemand schien ihn zu hören, und er hielt sich nicht damit auf, an die Tür des Gasthauses zu klopfen, sondern rannte die Hauptstraße zur Bezirksstadt entlang. Nach einiger Zeit tauchte am Straßenrand ein Kloster auf; er lief hin und trommelte mit beiden Fäusten an das Tor. Dem Mönch, der bald darauf erschien, kam seine Geschichte seltsam vor, und er ließ ihn nicht ein.

Das Gespenst war inzwischen bis auf wenige Schritte herangekommen, und ihm blieb nichts übrig, als zu einem nahestehenden Baum zu laufen. Immer, wenn das Gespenst ihn greifen wollte, wich er zur anderen Seite aus. Die junge Frau schäumte schließlich vor Wut, und als beide, nur durch den Baum getrennt, erschöpft und keuchend einander gegenüberstanden, machte sie plötzlich einen Satz nach vorn und schlug beide Arme um den Baum, um ihn so zu erwischen. Der Mann fiel rückwärts zu Boden, und das rettete ihm das Leben, denn die Leiche blieb, die Arme um den Baum geschlungen, starr stehen.

Der Mönch, der an der Pforte gelauscht hatte und nichts

mehr hörte, kam heraus und sah den Mann bewußtlos am Boden liegen. Er hob ihn auf und trug ihn ins Kloster. Gegen Morgen kam der Mann wieder zu sich, und sobald er ein wenig Brühe zu sich genommen hatte, war er imstande, die ganze Geschichte zu erzählen. Als sie nach draußen gingen, sahen sie, daß die junge Frau immer noch starr an den Baum gepreßt dastand.

Sie benachrichtigten den Magistrat, und schon bald kam ein Beamter, der befahl, die Leiche wegzubringen. Doch die Finger der jungen Frau hatten sich so tief in die Rinde gebohrt, daß ihre Nägel darin verschwanden. Erst nach langer Zeit und mit großer Mühe gelang es, sie vom Baum zu lösen.

Dann schickte man einen Boten zum Gasthaus. Dort war ein großer Aufruhr, denn die drei anderen Reisenden waren tot auf ihren Schlafstätten gefunden worden.

Der vierte Reisende, der fürchtete, ein übel gesonnener Nachbar könne ihn zu Hause für den Tod seiner Gefährten anklagen, bat den Magistrat um ein Schriftstück, mit dem er seine Unschuld beweisen konnte. Der Magistrat gab ihm eine solche Bescheinigung, und so zog er allein seines Weges.

Marie Luise Kaschnitz

Gespenster

Ob ich schon einmal eine Gespenstergeschichte erlebt habe? O ja, gewiß – ich habe sie auch noch gut im Gedächtnis und will sie Ihnen erzählen. Aber wenn ich damit zu Ende bin, dürfen Sie mich nichts fragen und keine Erklärung verlangen, denn ich weiß gerade nur so viel, wie ich Ihnen berichte, und kein Wort mehr.

Das Erlebnis, das ich im Sinn habe, begann im Theater, und zwar im Old Vic Theater in London, bei einer Aufführung Richards II. von Shakespeare. Ich war damals zum ersten Mal in London und mein Mann auch, und die Stadt machte einen gewaltigen Eindruck auf uns. Wir wohnten ja für gewöhnlich auf dem Lande, in Österreich, und natürlich kannten wir Wien und auch München und Rom, aber was eine Weltstadt war, wußten wir nicht. Ich erinnerte mich, daß wir schon auf dem Weg ins Theater, auf den steilen Rolltreppen der Untergrundbahn hinab- und hinaufschwebend und im eisigen Schluchtenwind der Bahnsteige den Zügen nacheilend, in eine seltsame Stimmung von Erregung und Freude gerieten und daß wir dann vor dem noch geschlossenen Vorhang saßen, wie Kinder, die zum ersten Mal ein Weihnachtsmärchen auf der Bühne sehen. Endlich ging der Vorhang auf, das Stück fing an, bald erschien der junge König, ein hübscher Bub, ein Playboy, von dem wir doch wußten, was das Schicksal mit ihm vorhatte, wie es ihn beugen würde und wie er schließlich untergehen sollte, machtlos aus eigenem Entschluß. Aber während ich an der Handlung sogleich den lebhaftesten Anteil nahm und hingerissen von den glühenden Farben des Bildes und der Kostüme keinen Blick mehr von der Bühne wandte, schien Anton abgelenkt und nicht recht bei der Sache, so als ob mit einem Male etwas anderes seine Aufmerksamkeit gefangengenommen hätte. Als ich mich einmal, sein Einverständnis suchend, zu ihm wandte, bemerkte ich, daß er gar nicht auf die Bühne schaute und kaum darauf hörte, was dort gesprochen wurde, daß er vielmehr eine Frau ins Auge faßte, die in der Reihe vor uns, ein wenig weiter rechts, saß und die sich auch einige Male halb nach ihm umdrehte, wobei auf ihrem verlorenen Profil so etwas wie ein schüchternes Lächeln erschien.

Anton und ich waren zu jener Zeit schon sechs Jahre verheiratet, und ich hatte meine Erfahrungen und wußte, daß er hübsche Frauen und junge Mädchen gern ansah, sich ihnen auch mit Vergnügen näherte, um die Anziehungskraft seiner schönen, südländisch geschnittenen Augen zu erproben. Ein Grund zu rechter Eifersucht war solches Verhalten für mich nie gewesen, und eifersüchtig war ich auch jetzt nicht, nur ein wenig ärgerlich, daß Anton über diesem stärkenden Zeitvertreib versäumte, was mir so besonders erlebenswert erschien. Ich nahm darum weiter keine Notiz von der Eroberung, die zu machen er sich anschickte; selbst als er einmal, im Verlauf des ersten Aktes, meinen Arm leicht berührte und mit einem Heben des Kinns und Senken der Augenlider zu der Schönen hinüberdeutete, nickte ich nur freundlich und wandte mich wieder der Bühne zu. In der Pause gab es dann freilich kein Ausweichen mehr. Anton schob sich nämlich, so rasch er konnte, aus der Reihe und zog mich mit sich zum Ausgang, und ich begriff, daß er dort warten wollte, bis die Unbekannte an uns vorüberging, vorausgesetzt, daß sie ihren Platz überhaupt verließ. Sie machte zunächst dazu freilich keine Anstalten, es zeigte sich nun auch, daß sie nicht allein war, sondern in Begleitung eines jungen Mannes, der, wie sie selbst, eine zarte bleiche Gesichtsfarbe und rötlichblonde Haare hatte und einen müden, fast erloschenen Eindruck machte. Besonders hübsch ist sie nicht, dachte ich, und übermäßig elegant auch nicht, in Faltenrock und Pullover, wie zu einem

Spaziergang über Land. Und dann schlug ich vor, draußen auf und ab zu gehen, und begann über das Stück zu sprechen, obwohl ich schon merkte, daß das ganz sinnlos war.

Denn Anton ging nicht mit mir hinaus, und er hörte mir auch gar nicht zu. Er starrte in fast unhöflicher Weise zu dem jungen Paar hinüber, das sich jetzt erhob und auf uns zukam, wenn auch merkwürdig langsam, fast wie im Schlaf. Er kann sie nicht ansprechen, dachte ich, das ist hier nicht üblich, das ist nirgends üblich, aber hier ist es ein unverzeihliches Vergehen. Indessen ging das Mädchen schon ganz nahe an uns vorbei, ohne uns anzusehen, das Programm fiel ihm aus der Hand und wehte auf den Teppich, wie früher einmal ein Spitzentüchlein, suivez-moi, Anknüpfungsmittel einer lange vergangenen Zeit. Anton bückte sich nach dem glänzenden Heftchen, aber statt es zurückzureichen, bat er, einen Blick hineinwerfen zu dürfen, tat das auch, murmelte in seinem kläglichen Englisch allerlei Ungereimtes über die Aufführung und die Schauspieler und stellte den Fremden endlich sich und mich vor, was den jungen Mann nicht wenig zu erstaunen schien. Ja, Erstaunen und Abwehr zeigten sich auch auf dem Gesicht des jungen Mädchens, obwohl es doch sein Programm augenscheinlich mit voller Absicht hatte fallen lassen und obwohl es jetzt meinem Mann ganz ungeniert in die Augen schaute, wenn auch mit trübem, gleichsam verhangenem Blick. Die Hand, die Anton nach kontinentaler Sitte arglos ausgestreckt hatte, übersah sie, nannte auch keinen Namen, sondern sagte nur, wir sind Bruder und Schwester, und der Klang ihrer Stimme, der überaus zart und süß und gar nicht zum Fürchten war, flößte mir einen merkwürdigen Schauder ein. Nach diesen Worten, bei denen Anton wie ein Knabe errötete, setzten wir uns in Bewegung, wir gingen im Wandelgang auf und ab und sprachen stockend belanglose Dinge, und wenn wir an den Spiegeln vorüberkamen, blieb das fremde Mädchen stehen und zupfte an seinen Haaren und lächelte

Anton im Spiegel zu. Und dann läutete es, und wir gingen zurück auf unsere Plätze, und ich hörte zu und sah zu und vergaß die englischen Geschwister, aber Anton vergaß sie nicht. Er blickte nicht mehr so oft hinüber, aber ich merkte doch, daß er nur darauf wartete, daß das Stück zu Ende war, und daß er sich den entsetzlichen und einsamen Tod des gealterten Königs kein bißchen zu Herzen nahm. Als der Vorhang gefallen war, wartete er das Klatschen und das Wiedererscheinen der Schauspieler gar nicht ab, sondern drängte zu den Geschwistern hinüber und sprach auf sie ein, offenbar überredete er sie, ihm ihre Garderobemarken zu überlassen, denn mit einer ihm sonst ganz fremden, unangenehmen Behendigkeit schob und wand er sich gleich darauf durch die ruhig wartenden Zuschauer und kehrte bald mit Mänteln und Hüten beladen zurück; und ich ärgerte mich über seine Beflissenheit und war überzeugt davon, daß wir von unseren neuen Bekannten am Ende kühl entlassen werden würden und daß mir, nach der Erschütterung, die ich durch das Trauerspiel erfahren hatte, nichts anderes bevorstand, als mit einem enttäuschten und schlechtgelaunten Anton nach Hause zu gehen.

Es kam aber alles ganz anders, weil es, als wir angezogen vor die Tür traten, stark regnete, keine Taxis zu haben waren und wir uns in dem einzigen, das Anton mit viel Rennen und Winken schließlich auftreiben konnte, zu viert zusammenzwängten, was Heiterkeit und Gelächter hervorrief und auch mich meinen Unmut vergessen ließ. Wohin? fragte Anton, und das Mädchen sagte mit seiner hellen süßen Stimme: Zu uns. Es nannte dem Chauffeur Straße und Hausnummer und lud uns, zu meinem großen Erstaunen, zu einer Tasse Tee ein. Ich heiße Vivian, sagte sie, und mein Bruder heißt Laurie, und wir wollen uns mit den Vornamen nennen. Ich sah das Mädchen von der Seite an und war überrascht, um wieviel lebhafter es geworden war, so als sei es vorher gelähmt gewesen und sei erst jetzt in unserer oder in Antons körperlicher Nähe imstande, seine Glieder zu rühren. Als wir ausstiegen, beeilte sich Anton, den Fahrer zu bezahlen, und ich stand da und sah mir die Häuser an, die aneinandergebaut und alle völlig gleich waren, schmal mit kleinen, tempelartigen Vorbauten und mit Vorgärten, in denen überall die gleichen Pflanzen wuchsen, und ich dachte unwillkürlich, wie schwer es doch sein müsse, ein Haus hier wiederzuerkennen, und war fast froh, im Garten der Geschwister doch etwas Besonderes, nämlich eine sitzende steinerne Katze zu sehen. Währenddessen hatte Laurie die Eingangstür geöffnet, und nun stiegen er und seine Schwester vor uns eine Treppe hinauf. Anton nahm die Gelegenheit wahr, um mir zuzuflüstern, ich kenne sie, ich kenne sie gewiß, wenn ich nur wüßte, woher. Oben verschwand Vivian gleich, um das Teewasser aufzusetzen, und Anton fragte ihren Bruder aus, ob sie beide in letzter Zeit im Ausland gewesen seien und wo. Laurie antwortete zögernd, beinahe gequält, ich konnte nicht unterscheiden, ob ihn die persönliche Frage abstieß oder ob er sich nicht erinnern konnte, fast schien es so, denn er strich sich ein paarmal über die Stirn und sah unglücklich aus. Er ist nicht ganz richtig, dachte ich, alles ist nicht ganz richtig, ein sonderbares Haus, so still und dunkel und die Möbel von Staub bedeckt, so als seien die Räume seit langer Zeit unbewohnt. Sogar die Birnen der elektrischen Lampen waren ausgebrannt oder ausgeschraubt, man mußte Kerzen anzünden, von denen viele in hohen Silberleuchtern auf den alten Möbeln standen. Das sah nun freilich hübsch aus und verbreitete Gemütlichkeit. Die Tassen, welche Vivian auf einem gläsernen Tablett hereinbrachte, waren auch hübsch, zart und schön blau gemustert, ganze Traumlandschaften waren auf dem Porzellan zu erkennen. Der Tee war stark und schmeckte bitter, Zucker und Rahm gab es dazu nicht. Wovon sprecht ihr, fragte Vivian, und sah Anton an, und mein Mann wiederholte seine Fragen mit beinahe unhöflicher Dringlichkeit. Ja, antwortete Vivian sofort, wir waren in Österreich, in – aber nun brachte auch sie den Namen des Ortes nicht heraus und starrte verwirrt auf den runden, von einer feinen Staubschicht bedeckten Tisch.

In diesem Augenblick zog Anton sein Zigarettenetui heraus, ein flaches goldenes Etui, das er von seinem Vater geerbt hatte und das er, entgegen der herrschenden Mode, Zigaretten in ihren Packungen anzubieten, noch immer benutzte. Er klappte es auf und bot uns allen an, und dann machte er es wieder zu und legte es auf den Tisch, woran ich mich am nächsten Morgen, als er es vermißte, noch gut erinnern konnte.

Wir tranken also Tee und rauchten, und dann stand Vivian plötzlich auf und drehte das Radio an, und über allerhand grelle Klang- und Stimmfetzen glitt der Lautsprecherton in eine sanft klirrende Tanzmusik. Wir wollen tanzen, sagte Vivian und sah meinen Mann an, und Anton erhob sich sofort und legte den Arm um sie. Ihr Bruder machte keine Anstalten, mich zum Tanzen aufzufordern, so blieben wir am Tisch sitzen und hörten der Musik zu und betrachteten das Paar, das sich im Hintergrund des großen Zimmers hin und her bewegte. So kühl sind die Engländerinnen also nicht, dachte ich und wußte schon, daß ich etwas anderes meinte, denn Kühle, eine holde, sanfte Kühle ging nach wie vor von dem fremden Mädchen aus, zugleich aber auch eine seltsame Gier, da sich ihre kleinen Hände wie Saugnäpfe einer Kletterpflanze an den Schultern meines Mannes festhielten und ihre Lippen sich lautlos bewegten, als formten sie Ausrufe der höchsten Bedrängnis und Not. Anton, der damals noch ein kräftiger junger Mann und ein guter Tänzer war, schien von dem ungewöhnlichen Verhalten seiner Partnerin nichts zu bemerken, er sah ruhig und liebevoll auf sie herunter, und manchmal schaute er auf dieselbe Weise auch zu mir herüber, als wolle er sagen, mach dir keine Gedanken, es geht vorüber, es ist nichts. Aber obwohl Vivian so leicht und dünn mit ihm hinschwebte, schien dieser Tanz, der, wie es bei Radiomusik üblich ist, kein Ende nahm und nur in Rhythmus und Melodie sich veränderte, ihn ungebührlich anzustrengen, seine Stirn war bald mit Schweißtropfen bedeckt, und wenn er einmal mit Vivian nahe bei mir vorüberkam, konnte ich seinen Atem fast wie ein Keuchen oder Stöhnen hören. Laurie, der ziemlich schläfrig an meiner Seite saß, fing plötzlich an, zu der Musik den Takt zu schlagen, wozu er geschickt bald seine Fingerknöchel, bald den Teelöffel verwendete, auch mit dem Zigarettenetui meines Mannes synkopisch auf den Tisch klopfte, was alles der Musik etwas atemlos Drängendes verlieh und mich in plötzliche Angst versetzte. Eine Falle, dachte ich, sie haben uns hier heraufgelockt, wir sollen ausgeraubt oder verschleppt werden, und gleich darauf, was für ein verrückter Gedanke, wer sind wir schon, unwichtige Fremde, Touristen, Theaterbesucher, die nichts bei sich haben als ein bißchen Geld, um notfalls nach der Vorstellung noch etwas essen zu gehen. Plötzlich wurde ich sehr schläfrig, ich gähnte ein paarmal verstohlen. War nicht der Tee, den wir getrunken hatten, außergewöhnlich bitter gewesen, und hatte Vivian die Tassen nicht schon eingeschenkt hereingebracht, so daß sehr wohl in den unseren ein Schlafmittel hatte aufgelöst sein können und in denen der englischen Geschwister nicht? Fort, dachte ich, heim ins Hotel, und suchte den Blick meines Mannes wieder, der aber nicht zu mir hersah, sondern jetzt die Augen geschlossen hielt, während das zarte Gesicht seiner Tänzerin ihm auf die Schulter gesunken war.

Wo ist das Telephon? fragte ich unhöflich, ich möchte ein Taxi bestellen. Laurie griff bereitwillig hinter sich, der Apparat stand auf einer Truhe, aber als Laurie den Hörer abnahm, war kein Summzeichen zu vernehmen. Laurie zuckte nur bedauernd mit den Achseln, aber Anton war jetzt aufmerksam geworden, er blieb stehen und löste seine Arme von dem Mädchen, das verwundert zu ihm aufschaute und beängstigend schwankte, wie eine zarte Staude im Wind. Es ist spät, sagte mein Mann, ich fürchte, wir müssen jetzt gehen. Die Geschwister machten zu meiner Überraschung keinerlei Einwände, nur noch ein paar freundliche und höfliche Worte wurden gewechselt, Dank für den reizenden Abend und so weiter, und dann brachte der schweigsame Laurie uns die Treppe hinunter zur Haustür, und Vivian blieb auf dem Absatz oben stehen, lehnte sich über das Geländer und stieß kleine, vogelleichte Laute aus, die alles bedeuten konnten oder auch nichts.

Ein Taxistand war in der Nähe, aber Anton wollte ein Stück zu Fuß gehen, er war zuerst still und wie erschöpft und fing dann plötzlich lebhaft zu reden an. Gesehen habe er die Geschwister bestimmt schon irgendwo und vor nicht langer Zeit, wahrscheinlich in Kitzbühel im Frühjahr, das sei ja gewiß ein für Ausländer schwer zu behaltender Name, kein Wunder, daß Vivian nicht auf ihn gekommen sei. Er habe jetzt sogar etwas ganz Bestimmtes im Sinn, vorhin, beim Tanzen sei es ihm eingefallen, eine Bergstraße, ein Hinüber- und Herübersehen von Wagen zu Wagen, in dem einen habe er gesessen, allein, und in dem andern, einem roten Sportwagen, die Geschwister, das Mädchen am Steuer, und nach einer kurzen Stockung im Verkehr, einem minutenlangen Nebeneinanderfahren, habe es ihn überholt und sei davongeschossen auf eine schon nicht mehr vernünftige Art. Ob sie nicht hübsch sei und etwas Besonderes, fragte Anton gleich darauf, und ich sagte, hübsch schon und etwas Besonderes schon, aber ein bißchen unheimlich, und ich erinnerte ihn an den modrigen Geruch in der Wohnung und an den Staub und das abgestellte Telephon. Anton hatte von dem allem nichts bemerkt und wollte auch jetzt nichts davon wissen, aber streitlustig waren wir beide nicht, sondern sehr müde, und darum hörten wir nach einer Weile auf zu sprechen und fuhren ganz friedlich nach Hause ins Hotel und gingen zu Bett.

Für den nächsten Vormittag hatten wir uns die Tate-Galerie vorgenommen, wir besaßen auch schon einen Katalog dieser berühmten Bildersammlung, und beim Frühstück blätterten wir darin und überlegten uns, welche Bilder wir anschauen wollten und welche nicht. Aber gleich nach dem Frühstück vermißte mein Mann sein Zigarettenetui, und als ich ihm sagte, daß ich es auf dem Tisch bei den englischen Geschwistern zuletzt gesehen hätte, schlug er vor, daß wir es noch vor dem Besuch des Museums dort abholen sollten. Ich dachte gleich, er hat es absichtlich liegenlassen, aber ich sagte nichts. Wir suchten die Straße auf dem Stadtplan, und dann fuhren wir mit einem Autobus bis zu einem Platz in der Nähe. Es regnete nicht mehr, ein zartgoldener Frühherbstnebel lag über den weiten Parkwiesen, und große Gebäude mit Säulen und Giebel tauchten auf und verschwanden wieder geheimnisvoll im wehenden Dunst. Anton war sehr guter Laune und ich auch. Ich hatte alle Beunruhigung des vergangenen Abends vergessen und war gespannt, wie sich unsere neuen Bekannten im Tageslicht ausnehmen und verhalten würden. Ohne Mühe fanden wir die Straße und auch das Haus und waren nur erstaunt, alle Läden heruntergelassen zu sehen, so als ob drinnen noch alles schliefe oder die Bewohner zu einer langen Reise aufgebrochen seien. Da sich auf mein erstes schüchternes Klingeln hin nichts rührte, schellten wir dringlicher, schließlich fast ungezogen lange und laut. Ein altmodischer Messingklopfer befand sich auch an der Tür, und auch diesen betätigten wir am Ende, ohne daß sich drinnen Schritte hören ließen oder Stimmen laut wurden. Schließlich gingen wir fort, aber nur ein paar Häuser weit die Straße hinunter, dann blieb Anton wieder stehen. Es sei nicht wegen des Etuis, sagte er, aber es könne den jungen Leuten etwas zugestoßen sein, eine Gasvergiftung zum Beispiel, Gaskamine habe man hier überall, und er habe auch einen im Wohnzimmer gesehen. Auf jeden Fall müsse die Polizei gerufen werden, und er habe auch jetzt nicht die Ruhe, im Museum Bilder zu betrachten. Inzwischen hatte sich der Nebel gesenkt, ein schöner, blauer Nachsommerhimmel stand über der wenig befahrenen Straße und über dem Haus Nr. 79, das, als wir nun zurückkehrten, noch ebenso still und tot dalag wie vorher.

Die Nachbarn, sagte ich, man muß die Nachbarn fragen, und schon öffnete sich ein Fenster im nächsten, zur Rechten gelegenen Haus, und eine dicke Frau schüttelte ihren Besen über den hübschen Herbstastern des Vorgärtchens aus. Wir riefen sie an und versuchten, uns ihr verständlich zu machen. Einen Familiennamen wußten wir nicht, nur Vivian und Laune, aber die Frau schien sofort zu wissen, wen wir meinten. Sie zog ihren Besen zurück, legte ihre starke Brust in der geblümten Bluse auf die Fensterbank und sah uns erschrocken an. Wir waren hier im Haus, sagte Anton, noch gestern abend, wir haben etwas liegengelassen, das möchten wir jetzt abholen, und die Frau machte plötzlich ein mißtrauisches Gesicht. Das sei unmöglich, sagte sie mit ihrer schrillen Stimme, nur sie habe den Schlüssel, das Haus stünde leer. Seit wann, fragte ich unwillkürlich und glaubte schon, daß wir uns doch in der Hausnummer geirrt hätten, obwohl im Vorgarten, nun im hellen Sonnenlicht, die steinerne Katze lag.

Seit drei Monaten, sagte die Frau ganz entschieden, seit die jungen Herrschaften tot sind. Tot? fragten wir und fingen an, durcheinander zu reden, lächerlich, wir waren gestern zusammen im Theater, wir haben bei ihnen Tee getrunken und Musik gemacht und getanzt.

Einen Augenblick, sagte die dicke Frau und schlug das Fenster zu, und ich dachte schon, sie würde jetzt telephonieren und uns fortbringen lassen, ins Irrenhaus oder auf die Polizei. Sie kam aber gleich darauf auf die Straße hinaus, mit neugierigem Gesicht, ein großes Schlüsselbund in der Hand. Ich bin nicht verrückt, sagte sie, ich weiß, was ich sage, die jungen Herrschaften sind tot und begraben, sie waren mit dem Wagen im Ausland und haben sich dort den Hals gebrochen, irgendwo in den Bergen, mit ihrem blödsinnig schnellen Fahren.

In Kitzbühel, fragte mein Mann entsetzt, und die Frau sagte, so könne der Ort geheißen haben, aber auch anders, diese ausländischen Namen könne niemand verstehen. Indessen ging sie uns schon voraus, die Stufen hinauf, und sperrte die Tür auf, wir sollten nur sehen, daß sie die Wahrheit spreche und daß das Haus leer sei, von ihr aus könnten wir auch in die Zimmer gehen, aber Licht könne sie nicht anmachen, sie habe die elektrischen Birnen für sich herausgeschraubt, der Herr Verwalter habe nichts dagegen gehabt.

Wir gingen hinter der Frau her, es roch dumpf und muffig, und ich faßte auf der Treppe meinen Mann bei der Hand und sagte, es war einfach eine ganz andere Straße, oder wir haben alles nur geträumt, zwei Menschen können genau denselben Traum haben in derselben Nacht, so etwas gibt es, und jetzt wollen wir gehen. Ja, sagte Anton ganz erleichtert, du hast recht, was haben wir hier zu suchen, und er blieb stehen und griff in die Tasche, um etwas Geld herauszuholen, das er der Nachbarsfrau für ihre Mühe geben wollte. Die war aber schon oben ins Zimmer getreten, und wir mußten ihr nachlaufen und auch in das Zimmer hineingehen, obwohl wir dazu schon gar keine Lust mehr hatten und ganz sicher waren, daß das Ganze eine Verwechslung oder eine Einbildung war. Kommen Sie nur, sagte die Frau und fing an, einen Laden heraufzuziehen, nicht völlig, nur ein Stückchen, nur so weit, daß man alle Möbel deutlich erkennen konnte, besonders einen runden Tisch mit Sesseln drum herum und mit einer feinen Staubschicht auf der Platte, einen Tisch, auf dem nur ein einziger Gegenstand, der jetzt von einem Sonnenstrahl getroffen aufleuchtete, ein flaches, goldenes Zigarettenetui, lag.

IV. Beschwörung.

Zaubersprüche und Séancen

Johann Wolfgang von Goethe

Du mußt verstehn!
Aus Eins mach Zehn,
Und Zwei laß gehen,
Und Drei mach gleich,
So bist du reich.
Verlier die Vier!
Aus Fünf und Sechs,
So sagt die Hex',
Mach Sieben und Acht,
So ist's vollbracht:
Und Neun ist Eins,
Und Zehn ist keins.
Das ist das Hexen-Einmaleins.

Agatha Christie

Die letzte Sitzung

Raoul Daubreuil überquerte die Seine und summte eine kleine Melodie vor sich hin. Er war ein gutaussehender junger Franzose von ungefähr zweiunddreißig Jahren, mit frischer Gesichtsfarbe und einem kleinen schwarzen Schnurrbart. Er war Ingenieur von Beruf. Pünktlich erreichte er das *Cardonet* und betrat es durch eine Tür, über der die Nummer 17 stand. Die *Concierge* sah aus ihrem Glaskasten heraus und brummte ihm ein »Guten Morgen« zu. Fröhlich erwiderte er den Gruß. Dann stieg er die Treppen hinauf zu der Wohnung in der dritten Etage. Als er darauf wartete, daß man ihm auf sein Läuten hin die Tür öffnete, summte er wieder seine kleine Melodie. Raoul Daubreuil fühlte sich an diesem Morgen besonders gut aufgelegt. Die Tür wurde von einer alten Französin geöffnet. Ihr faltiges Gesicht verzog sich zu einem Lächeln, als sie den Besucher erkannte.

»Guten Morgen, Monsieur.«

»Guten Morgen, Elise«, sagte Raoul.

Er betrat die Diele und zog seine Handschuhe aus.

»Madame erwartet mich doch?« fragte er über die Schulter weg.

»Aber gewiß doch, Monsieur.«

Elise schloß die Wohnungstür und wandte sich ihm zu.

»Wenn Monsieur solange in den kleinen Salon gehen möchten. Madame wird in ein paar Minuten bei Ihnen sein. Sie ruht sich etwas aus.«

Raoul sah schnell auf.

»Fühlt sie sich nicht wohl?«

»Wohl?«

Elise schnaufte. Sie ging vor Raoul her und öffnete ihm die Tür zum kleinen Salon.

Er trat ein, und sie folgte ihm.

»*Wohl!*« fuhr sie fort. »Wie sollte sie sich denn nur wohlfühlen, das arme Geschöpf? Sitzungen, Sitzungen und wieder Sitzungen. Es ist nicht recht, nicht natürlich, nicht das, was der liebe Gott von uns erwartet. Wenn Sie mich fragen, dann sage ich es ganz ehrlich, da ist der Teufel mit im Bund.«

Raoul klopfte ihr auf die Schulter.

»Aber, aber, Elise«, sagte er beschwichtigend, »regen Sie sich doch nicht auf, und sehen Sie nicht allzu schnell den Teufel hinter allem, was Sie nicht verstehen.«

Elise schüttelte zweifelnd den Kopf.

»Nun ja«, seufzte sie, indem sie tief Luft holte. »Monsieur kann sagen, was er will, mir gefällt das nicht. Sehen Sie Madame doch an. Jeden Tag wird sie blasser und dünner. Und diese Kopfschmerzen!« Sie warf die Arme hoch. »Ach nein, all dieses Geisterzeug! Das ist nichts Gutes. Überhaupt Geister! Alle guten Geister sind im Paradies, und die anderen sind im Fegefeuer.«

»Ihre Vorstellung vom Leben nach dem Tode ist erfrischend einfach, Elise«, sagte Raoul und ließ sich in einen Sessel fallen.

Die alte Frau straffte sich.

»Ich bin eine gute Katholikin, Monsieur.«

Sie bekreuzigte sich, ging zur Tür, hielt dann inne, eine Hand auf der Klinke: »Später, wenn Sie beide verheiratet sind, Monsieur, wird das doch nicht so weitergehen, all das?« fragte sie.

Raoul lächelte sie freundlich an.

»Sie sind eine gute, gläubige Seele, Elise«, sagte er, »und Sie sind Ihrer Herrin treu ergeben. Haben Sie keine Angst. Wenn sie einmal meine Frau ist, dann hört dieses Geisterzeug auf, wie Sie das nennen. Für Madame Daubreuil wird es keine Sitzungen mehr geben.«

Elises Gesicht strahlte.

»Ist das wirklich wahr?« fragte sie.

Der Mann nickte ernst.

»Ja«, sagte er, mehr zu sich selbst als zu ihr. »Ja, das muß aufhören. Simone hat eine großartige Gabe, und sie hat sie großzügig angewandt, aber jetzt hat sie ihr Teil getan. Wie Sie gerade erwähnt haben, Elise, wird sie Tag für Tag blasser und dünner. Das Leben eines Mediums ist ganz besonders anstrengend und hart, vor allem durch die enorme Nervenbelastung. Nichtsdestoweniger, Elise, Ihre Herrin ist das wunderbarste Medium von Paris – nein, mehr, von Frankreich. Leute aus der ganzen Welt kommen zu ihr, weil sie wissen, daß bei ihr kein Trick und kein Betrug dabei ist.«

Elise gab einen zufriedenen Seufzer von sich.

»Betrug! Ach nein, wirklich nicht. Madame könnte nicht mal ein neugeborenes Baby betrügen, selbst wenn sie es wollte.«

»Sie ist ein Engel«, schwärmte der junge Mann. »Und ich – ich werde alles tun, was ein Mann tun kann, um sie glücklich zu machen. Glauben Sie das nicht?«

Elise straffte sich wieder und sprach mit einfacher Würde: »Ich habe Madame viele Jahre lang gedient, Monsieur. Mit allem Respekt kann ich wohl sagen, ich liebe sie. Wenn ich nicht daran glaubte, daß Sie sie vergöttern, wie sie es verdient – *eh bien,* Monsieur, dann würde ich Ihnen die Glieder einzeln ausreißen.«

Raoul lachte.

»Bravo, Elise! Sie sind eine treue Freundin. Und nun müssen Sie mir auch glauben, was ich Ihnen gesagt habe: Madame wird die Geister in Ruhe lassen.«

Er hatte erwartet, daß die alte Frau über seinen kleinen Witz lachen würde, doch zu seiner Überraschung blieb sie einst.

»Monsieur, nehmen wir einmal an«, sagte sie zögernd, »die Geister lassen *sie* nicht in Ruhe.«

Raoul sah sie verblüfft an.

»Wie meinen Sie das?«

»Ich sagte«, wiederholte Elise, »nehmen wir einmal an, die Geister lassen Madame nicht in Ruhe.«

»Ich dachte, Sie glauben nicht an Geister, Elise.«

»Nicht mehr«, sagte Elise trotzig. »Es ist töricht, daran zu glauben. Aber trotzdem ...«

»Nun?«

»Es fällt mir schwer, das zu erklären, Monsieur. Sehen Sie, ich habe immer gedacht, daß diese Medien, wie Sie sie nennen, einfach raffinierte Betrüger sind. Aber Madame ist nicht so. Madame ist gut. Madame ist ehrlich und –« sie senkte die Stimme und sprach weiter in einem furchtsamen Ton, »es geschehen Dinge. Das sind keine Tricks. Es geschehen Dinge, und darum habe ich Angst. Denn eines glaube ich sicher, Monsieur: daß es nicht recht ist. Es ist gegen die Natur und gegen Gott, und irgend jemand wird dafür büßen müssen.«

Raoul sprang aus seinem Sessel auf, ging auf sie zu und klopfte ihr auf die Schulter.

»Beruhigen Sie sich, gute Elise«, sagte er lächelnd. »Hören Sie mal zu, ich werde Ihnen etwas Erfreuliches sagen. Heute ist die letzte dieser Séancen; ab heute abend wird es keine mehr geben.«

»Heute findet also eine statt?« fragte die alte Frau argwöhnisch.

»Die letzte, Elise, die letzte.«

Elise schüttelte traurig den Kopf.

»Madame fühlt sich nicht wohl ...« begann sie.

Aber sie wurde unterbrochen, denn die Tür öffnete sich, und eine große blonde Frau trat ein. Sie war schlank und anmutig. Ihr Gesicht glich dem einer Botticelli-Madonna. Raouls Augen strahlten, und Elise zog sich schnell und diskret zurück.

»Simone!«

Er ergriff ihre schlanken weißen Hände und küßte sie.

»Raoul, mein Liebster.«

Wieder küßte er ihre Hände, dann betrachtete er eingehend ihr Gesicht.

»Simone! Du siehst blaß ausl Elise sagte mir, daß du dich ausgeruht hast. Du bist doch nicht etwa krank, meine Liebste?«

»Nein, krank nicht ...« Sie zögerte.

Er führte sie zum Sofa und setzte sich neben sie.

»Sag mir, was dir fehlt.«

Simone lächelte schwach.

»Du wirst mich für verrückt halten«, flüsterte sie.

»Ich? Dich für verrückt halten? Nein, niemals.«

Simone entzog ihm ihre Hand. Sie saß einen Augenblick vollkommen ruhig und sah auf den Teppich. Dann sagte sie leise und wie gehetzt: »Ich habe Angst, Raoul.«

Er wartete einen Moment, da er dachte, sie würde weitersprechen. Als sie das aber nicht tat, sagte er forsch:

»Aber, aber, wovor denn?«

»Ich weiß nicht – einfach Angst.«

»Aber ...«

Er sah sie erstaunt an, und sie begegnete seinem Blick.

»Ja, es ist absurd, nicht wahr? Und doch ist mir so. Angst, sonst nichts. Ich weiß nicht, warum, wovor, doch die ganze Zeit bin ich wie besessen von der Vorstellung, daß mir etwas Schreckliches – ganz Schreckliches zustoßen wird ...«

Sie starrte wieder vor sich hin. Raoul legte sanft den Arm um sie.

»Meine Liebste«, sagte er, »komm, du darfst dich nicht so gehenlassen. Ich weiß, was es ist: Überanstrengung, Simone. Du brauchst Ruhe, das ist alles, Ruhe und Entspannung.«

Sie sah ihn dankbar an.

»Ja, Raoul, du hast recht. Das ist es, was ich brauche, Ruhe und Entspannung.«

Sie schloß die Augen und schmiegte sich ein wenig fester in seinen Arm.

»Und Liebe«, flüsterte Raoul ihr ins Ohr.

Sein Arm zog sie sanft an sich. Simone, noch mit geschlossenen Augen, atmete tief und erlöst.

»Ja«, murmelte sie, »ja. Wenn du mich in deinen Armen hältst, fühle ich mich geborgen. Dann vergesse ich mein Leben, das entsetzliche Leben eines Mediums. Du weißt viel, Raoul, aber selbst du weißt nicht alles, was das bedeutet.«

Er fühlte, wie sich ihr Körper in seiner Umarmung versteifte. Sie öffnete die Augen und blickte starr vor sich hin.

»Man sitzt in der Kabine im Dunklen, wartet, und das Dunkel ist entsetzlich, Raoul; denn es ist das Dunkel der Leere, des Nichts. Mit großer Willensanstrengung verliert man sich selbst darin. Danach weiß man nichts, man fühlt nichts, aber hinterher kommt die langsame, schmerzvolle Rückkehr, das Erwachen, aber man ist so müde, so furchtbar müde.«

»Ich weiß«, murmelte Raoul, »ich weiß.«

»So müde«, murmelte Simone wieder.

Ihr ganzer Körper schien in sich zusammenzusinken, als sie diese Worte wiederholte.

»Aber du bist großartig, Simone.«

Er nahm ihre Hände in die seinen; er versuchte, etwas von seiner Begeisterung auf sie zu übertragen.

»Du bist einmalig – das größte Medium, das die Welt je gekannt hat.«

Sie schüttelte den Kopf und lächelte ein wenig darüber.

»Doch, doch«, beharrte Raoul.

Er zog zwei Briefe aus seiner Tasche.

»Sieh her, einer von Professor Roche, und dieser von Dr. Genir aus Nancy. Beide bitten darum, daß du gelegentlich weiter für sie Sitzungen abhalten sollst.«

»Nein!«

Simone sprang plötzlich auf.

»Ich will nicht! Ich will nicht! Es muß aufhören – endlich muß Schluß sein. Du hast es mir versprochen, Raoul!«

Raoul sah sie fassungslos an, wie sie dastand und mit den Händen abwehrte und ihn anstarrte, wie ein verängstigtes Tier, das sich angegriffen fühlt. Er stand auf und ergriff wieder ihre Hände.

»Aber ja«, sagte er. »Gewiß hört das auf, das ist ja abgesprochen. Aber ich bin so stolz auf dich, Simone. Nur deswegen habe ich dir diese beiden Briefe gezeigt.«

Sie warf ihm einen raschen Seitenblick voll Mißtrauen zu. »Es ist nicht, weil du willst, daß ich wieder für sie Séancen abhalte?«

»Nein, nein«, sagte Raoul, »es sei denn, du möchtest es vielleicht selbst, nur so gelegentlich für alte Freunde ...«

Sie unterbrach ihn mit erregter Stimme.

»Nein, nein! Nie wieder. Da ist Gefahr. Ich sage dir, ich kann es fühlen. Große Gefahr.«

Sie preßte ihre Hände vor die Stirn, dann ging sie zum Fenster. »Versprich es mir. Nie wieder!« sagte sie mit ruhigerer Stimme über die Schulter.

Raoul trat zu ihr und legte seine Arme um sie.

»Liebste«, sagte er voll behutsamer Zärtlichkeit, »ich verspreche dir, daß du ab morgen keine Séancen mehr abhalten wirst.«

Er spürte, wie sie zusammenzuckte.

»Ab morgen?« murmelte sie. »Ach ja, ich hatte ganz vergessen. Madame Exe – heute abend.«

Raoul sah auf seine Uhr.

»Sie müßte eigentlich gleich kommen. Aber, Simone, falls du dich nicht wohl fühlst ...«

Simone schien ihm kaum zuzuhören. Sie hing ihren eigenen Gedanken nach.

»Sie ist – eine merkwürdige Frau, Raoul, eine ganz merkwürdige Frau. Weißt du – mich ergreift in ihrer Gegenwart fast das Entsetzen.«

»Simone!«

In seiner Stimme schwang ein Vorwurf mit, und sie verstand schnell.

»Ja, ja, ich weiß, du bist wie alle Franzosen, Raoul. Für dich ist eine Mutter etwas Heiliges, und es ist wenig nett von mir, so von ihr zu sprechen, da sie so großen Kummer wegen ihres Kindes hat. Aber – ich kann es nicht erklären, sie ist so groß und so schwarz, und ihre Hände – hast du einmal auf ihre Hände geachtet, Raoul? Große, dicke, starke Hände, so stark wie die eines Mannes!«

Sie schüttelte sich ein wenig und schloß die Augen. Raoul ließ sie los und sagte fast kalt: »Ich kann dich wirklich nicht verstehen, Simone. Wirklich nicht. Eine Frau sollte doch Mitgefühl für eine Mutter empfinden, der man das einzige Kind genommen hat.«

Simone machte eine ungeduldige Handbewegung.

»Ach, du verstehst mich nicht! Ausgerechnet du nicht, mein Freund! Ich kann mir aber nicht helfen. Vom ersten Moment an, wo ich sie sah, spürte ich …« Sie schlug die Hände vor das Gesicht. »Angst! Erinnerst du dich? Es hatte lange gedauert, bis ich einwilligte, für sie die erste Sitzung abzuhalten. Ich war sicher, daß sie mir auf irgendeine Art Unglück bringt.«

Raoul zuckte die Achseln.

»Tatsache ist, daß sie das genaue Gegenteil zustande brachte«, sagte er trocken. »Alle Sitzungen mit ihr waren ein großartiger Erfolg. Der Geist der kleinen Amélie war sofort fähig, dich zu lenken, und die Materialisierungen waren wirklich schlagend. Professor Roche hätte bei der letzten Sitzung dabei sein sollen.«

»Materialisierungen«, sagte Simone leise. »Sag mir, Raoul, du weißt doch, ich merke nichts von dem, was geschieht, wenn ich in Trance bin. Sind diese Materialisierungen wirklich so wunderbar?«

Er nickte begeistert.

»Bei den ersten Sitzungen wurde die Gestalt des Kindes wie

in einer Art Nebelwolke sichtbar«, erklärte er, »aber in der letzten Sitzung ...«

»Was war da?«

Er fuhr mit sanfter Stimme fort:

»Simone, das Kind, das da stand, war ein richtiges lebendiges Kind aus Fleisch und Blut. Ich habe es sogar berührt, aber als ich merkte, daß dir diese Berührung große Schmerzen bereitete, habe ich Madame Exe nicht erlaubt, es auch anzufassen. Ich fürchtete, sie könnte die Selbstbeherrschung verlieren, und daß dir etwas zustoßen könnte.«

Simone wandte sich ab.

»Ich war so entsetzlich erschöpft, als ich aufwachte«, murmelte sie. »Raoul, bist du sicher – bist du ganz sicher, daß das alles wirklich ist? Du weißt, was die gute alte Elise darüber denkt: daß da der Teufel mit im Bunde ist.«

Sie lachte unsicher.

»Du weißt aber auch, was ich darüber denke«, sagte Raoul ernst. »Jeder Umgang mit dem Unbekannten ist gefährlich, doch der Zweck ist gut und edel, denn der Zweck dient der Wissenschaft. In der ganzen Welt hat es Märtyrer für die Wissenschaft gegeben, Pioniere, die selber den Preis bezahlten, damit andere sicher ihren Fußspuren folgen konnten. Du hast jetzt zehn Jahre lang für die Wissenschaft gearbeitet, und es hat dich eine ungeheure Nervenbelastung gekostet. Jetzt hast du dein Teil beigetragen. Von heute ab wirst du frei und glücklich sein.«

Sie lächelte ihn liebevoll an. Sie hatte ihre Ruhe wiedergewonnen. Dann sah sie auf die Uhr.

»Madame Exe hat sich verspätet«, murmelte sie. »Vielleicht kommt sie gar nicht.«

»Doch, sie kommt bestimmt«, sagte Raoul. »Deine Uhr geht ein bißchen vor, Simone.«

Simone ging ruhelos im Zimmer umher.

»Ich möchte nur wissen, wer diese Madame Exe ist«, bemerkte sie. »Woher sie kommt. Es ist doch merkwürdig, daß wir nichts über sie wissen.«

Raoul zuckte die Achseln.

»Die meisten Leute bleiben, wenn möglich, inkognito, wenn sie zu einem Medium gehen«, sagte er. »Das gehört zu den elementaren Vorsichtsmaßregeln. »

»Das wird es wohl sein«, stimmte Simone zu.

Eine kleine chinesische Vase, die sie gerade in der Hand hielt, entglitt ihren Fingern und zersprang vor dem Kamin in Scherben. Sie drehte sich rasch zu Raoul um.

»Siehst du«, murmelte sie, »ich bin entsetzlich nervös. Raoul, würdest du mich für sehr – feige halten, wenn ich Madame Exe absage?«

Als sie sein schmerzliches Erstaunen bemerkte, wurde sie rot.

»Du hast es aber doch versprochen, Simone ...«, begann er sanft.

Sie lehnte sich mit dem Rücken gegen die Wand.

»Ich will nicht, Raoul. Ich will nicht!«

Sein vorwurfsvoller Blick ließ sie zusammenfahren.

»Ich denke dabei nicht an das Geld, Simone, obwohl du zugeben mußt, daß die Summe, die sie uns für diese Sitzung angeboten hat, phantastisch ist. »

Sie entgegnete heftig:

»Es gibt Dinge, die wichtiger sind als Geld.«

»Da hast du sicher recht«, pflichtete er bei. »Das sage ich ja die ganze Zeit. Überleg doch einmal – diese Frau ist Mutter, eine Mutter, die ihr einziges Kind verloren hat. Wenn du nicht richtig krank bist, wenn es nur eine Laune deinerseits ist – dann kannst du wohl einer reichen Frau eine Kaprice abschlagen, aber kannst du es einer Mutter verwehren, wenn sie ein letztes Mal ihr Kind sehen will?«

Das Medium streckte verzweifelt die Arme aus.

»Oh, du quälst mich«, flüsterte sie. »Und doch hast du

recht. Ich will also tun, was du verlangst, aber jetzt weiß ich, wovor ich solche Angst habe – es ist das Wort Mutter.«

»Simone!«

»Es gibt ganz bestimmte primitive, elementare Kräfte, Raoul. Die meisten davon sind durch den Einfluß der Zivilisation überlagert, aber die Muttergefühle sind noch ebenso stark wie eh und je. Tiere – Menschen, darin sind sie gleich. Die Liebe einer Mutter zu ihrem Kind ist so stark wie nichts anderes in der Welt. Sie kennt keine Gesetze, kein Mitleid, sie wagt alles und tritt rücksichtslos alles nieder, was ihr im Wege steht.«

Sie hielt inne, rang nach Luft, wandte sich dann ihm zu und sagte mit einem flüchtigen, entwaffnenden Lächeln:

»Ich bin heute albern, Raoul, ich weiß.«

Er umarmte sie.

»Leg dich noch ein wenig hin«, drängte er. »Ruh dich aus, bis sie kommt.«

»Ja, du hast recht.« Sie lächelte ihm zu und ging aus dem Zimmer.

Raoul blieb eine Zeitlang in Gedanken verloren stehen. Dann ging er zur Tür, öffnete sie und schritt über den kleinen Flur. Er betrat den Raum auf der anderen Seite des Flurs, ein Wohnzimmer, das dem, das er gerade verlassen hatte, sehr ähnlich sah. Doch hier gab es einen Alkoven, in dem ein großer Sessel stand. Ein schwerer schwarzer Samtvorhang war so angebracht, daß er vor den Alkoven gezogen werden konnte. Elise war damit beschäftigt, den Raum herzurichten. Vor den Alkoven hatte sie zwei Stühle geschoben und einen kleinen runden Tisch. Auf dem Tisch lag ein Tambourin, ein Horn, Papier und Bleistifte.

»Das letzte Mal«, murmelte Elise mit grimmiger Zufriedenheit. »Ach, Monsieur, ich wünschte, es wäre schon vergessen und vorbei.«

Die Türglocke schrillte laut.

»Da ist sie, dieser Gendarm«, fuhr die alte Zofe fort. »Warum geht sie nicht in die Kirche und betet, wie es sich gehört, für die Seele ihrer Kleinen?«

»Gehen Sie und öffnen Sie!« befahl Raoul.

Sie warf ihm einen unfreundlichen Blick zu, aber sie gehorchte. Nach wenigen Augenblicken führte sie die Besucherin herein.

»Ich werde Bescheid sagen, daß Sie hier sind, Madame.«

Raoul ging auf Madame Exe zu, um sie zu begrüßen. Simones Worte kamen ihm wieder ins Gedächtnis: ›So groß und so schwarz.‹

Sie war wirklich eine große, mächtige Frau, und das tiefe Schwarz ihrer Trauerkleidung wirkte bei ihr fast übertrieben. Ihre Stimme klang sehr tief, als sie sprach.

»Ich fürchte, ich habe mich etwas verspätet, Monsieur.«

»Die paar Minuten – das macht doch nichts«, entgegnete Raoul lächelnd. »Madame Simone hat sich noch etwas hingelegt. Ich muß leider sagen, daß sie sich alles andere als wohl fühlt. Sie ist nervös und völlig erschöpft.«

Ihre Hand, die die seine gerade loslassen wollte, hielt ihn plötzlich fest wie ein Schraubstock.

»Aber sie wird die Séance doch abhalten?« fragte sie scharf.

»Natürlich, Madame.«

Madame Exe atmete erleichtert auf und sank auf einen Stuhl, wobei sie den schwarzen wallenden Schleier nach hinten warf.

»Ach, Monsieur«, murmelte sie, »Sie können sich gar nicht vorstellen, Sie können das Wunder und die Freude nicht mitempfinden, die ich während dieser Séancen erlebe! Meine Kleine! Meine kleine Amélie! Sie zu hören, sie zu sehen, vielleicht sogar – ja vielleicht sogar – den Arm auszustrecken und sie zu berühren.«

Raoul sprach schnell und bestimmt.

»Madame Exe – wie soll ich Ihnen das erklären? Auf gar keinen Fall dürfen Sie so etwas tun. Sie müssen sich strikt an meine Anweisungen halten, andernfalls besteht die allergrößte Gefahr.«

»Gefahr für mich?«

»Nein, Madame«, sagte Raoul, »nicht für Sie, aber für das Medium.«

Madame Exe schien wenig beeindruckt.

»Sehr interessant, Monsieur. Sagen Sie, könnte nicht einmal die Zeit kommen, wo die Materialisierung so weit fortschreitet, daß sie fähig ist, sich von ihrem Ursprung, dem Medium, zu lösen?«

»Ist das Ihre phantastische Hoffnung, Madame?«

Sie fragte beharrlich weiter:

»Aber ist das denn so unmöglich?«

»Ganz unmöglich, heute noch!«

»Aber vielleicht in der Zukunft?«

Er wurde der Antwort enthoben, denn in diesem Moment trat Simone ein. Sie sah erschöpft und bleich aus, aber sie hatte ihre Selbstbeherrschung offensichtlich wiedergewonnen. Sie ging auf Madame Exe zu und reichte ihr die Hand. Raoul bemerkte das Zittern, das sie dabei überlief.

»Es tut mir leid, daß Sie sich nicht wohl fühlen, Madame«, sagte Madame Exe.

»Ach, es ist nichts«, erwiderte Simone fast barsch. »Wollen wir anfangen?«

Sie ging zu dem Alkoven und setzte sich in den Sessel. Plötzlich verspürte Raoul, wie eine Welle der Angst ihn überflutete.

»Du bist nicht auf der Höhe deiner Kräfte«, sagte er. »Wir sollten diese Séance besser auf später verschieben. Madame Exe wird sicher dafür Verständnis haben.«

»Monsieur!« Madame Exe erhob sich empört. »Madame Simone versprach mir eine letzte Sitzung.«

»So ist es«, sagte Simone ruhig. »Und ich bin bereit, mein Versprechen zu halten.«

»Das verlange ich auch«, sagte die andere Frau.

»Ich breche mein Wort nicht«, sagte Simone kalt. »Hab keine Angst, Raoul«, fügte sie freundlich hinzu. »Es ist ja das letzte Mal – das allerletzte Mal, Gott sei Dank.«

Auf ein Zeichen von ihr zog Raoul den schweren schwarzen Vorhang vor den Alkoven. Er zog auch die Vorhänge vor das Fenster, so daß der Raum im Halbdunkel lag. Er wies auf einen der Stühle, auf dem Madame Exe Platz nehmen sollte, und wollte selbst gerade auf dem anderen Platz nehmen. Aber Madame Exe zögerte.

»Bitte, entschuldigen Sie, Monsieur, aber – Sie müssen verstehen, ich glaube an Ihre absolute Ehrlichkeit und auch an die von Madame Simone. Trotz allem, damit meine Zeugenaussage mehr Bedeutung hat, habe ich mir erlaubt, dies hier mitzubringen.«

Aus ihrer Handtasche zog sie eine lange dünne Schnur.

»Madame!« rief Raoul. »Das ist eine Beleidigung!«

»Eine Vorsichtsmaßnahme.«

»Ich wiederhole: eine Beleidigung.«

»Ich verstehe Ihren Einwand nicht, Monsieur«, sagte Madame Exe kalt. »Wenn das alles kein Betrug ist, haben Sie doch nichts zu befürchten.«

Raoul lachte verächtlich.

»Ich kann Ihnen versichern, daß Sie nichts zu befürchten haben, Madame. Binden Sie mir Hände und Füße, wenn Sie wollen.«

Seine Worte hatten nicht die Wirkung, die er erhofft hatte, denn Madame Exe murmelte ungerührt: »Danke, Monsieur«, und ging mit der Schnur in der Hand auf ihn zu.

Plötzlich hörte man hinter dem Vorhang einen Schrei.

»Nein, nein, Raoul, das darfst du nicht zulassen!«

Madame Exe lachte höhnisch.

»Sie haben wohl Angst, Madame?« bemerkte sie sarkastisch.

»Ja, ich habe Angst.«

»Überlege dir, was du sagst, Simone«, sagte Raoul. »Madame Exe denkt offensichtlich, daß wir Scharlatane sind.«

»Ich muß sichergehen«, sagte Madame Exe.

Unter diesem Vorwand setzte sie ihre Absicht in die Tat um, indem sie Raoul an seinem Stuhl festband.

»Ihre Knoten sind zu bewundern, Madame«, bemerkte er ironisch, als sie fertig war. »Sind Sie jetzt zufrieden?«

Madame Exe erwiderte nichts darauf. Sie ging im Zimmer umher und untersuchte eingehend die Holztäfelung der Wand. Dann schloß sie die Türe zum Flur ab und kehrte, nachdem sie den Schlüssel eingesteckt hatte, zu ihrem Stuhl zurück.

»Jetzt«, sagte sie mit einer Stimme, die nicht zu beschreiben war, »bin ich fertig.«

Die Minuten vergingen. Hinter dem Vorhang hörte man Simones Atemzüge schwerer und angestrengter werden. Dann hörte man nichts mehr als ein Stöhnen, mehrere Male. Dann herrschte wieder Schweigen für eine kleine Weile, die vom plötzlichen Schlagen des Tambourins unterbrochen wurde. Das Horn wurde vom Tisch gehoben und auf den Fußboden geschleudert. Der Vorhang vor dem Alkoven schien ein wenig zurückgezogen worden zu sein. Man sah nur das Gesicht des Mediums durch den Spalt hindurch. Der Kopf war vornüber auf die Brust gefallen. Plötzlich hielt Madame Exe den Atem an. Ein Nebelgebilde erschien vor dem Medium, verdichtete sich und begann langsam Form anzunehmen, die Gestalt eines kleinen Kindes.

»Amélie! Meine kleine Amélie!«

Das heisere Flüstern kam von Madame Exe. Die verschwommene Gestalt verdichtete sich weiter. Raoul starrte fast ungläubig darauf. Niemals vorher hatte er einer so erfolgreichen Materialisierung beigewohnt. Jetzt, jetzt war es ein richtiges Kind, ein Kind aus Fleisch und Blut, das da stand.

»Mama!« Die kindliche Stimme hatte das geflüstert.

»Mein Kind!« schrie Madame Exe. »Mein Kind!«

Sie erhob sich von ihrem Stuhl.

»Seien Sie vorsichtig, Madame«, warnte Raoul.

Zögernd trat die Erscheinung durch den Vorhang hindurch. Es war ein Kind. Es stand da und streckte die Arme aus.

»Mama!«

»Madame!« schrie Raoul entsetzt. »Das Medium …«

»Ich muß es anfassen«, keuchte Madame Exe.

Sie machte einen Schritt nach vorn.

»Um Gottes willen, Madame, beherrschen Sie sich!« schrie Raoul. Jetzt begann ihn Panik zu ergreifen. »Setzen Sie sich sofort wieder hin.«

»Mein Kleines, ich muß sie berühren.«

»Madame, ich befehle Ihnen, setzen Sie sich!«

Er riß und zerrte an seinen Fesseln. Aber Madame Exe hatte gute Arbeit geleistet, er war hilflos. Die schreckliche Vorahnung von etwas Grauenhaftem überkam ihn.

»Im Namen Gottes, Madame, setzen Sie sich!« brüllte er. »Denken Sie an das Medium.«

Madame Exe hatte keine Ohren für ihn. Sie war wie verwandelt. Ekstase und Entzücken spiegelten sich auf ihrem Gesicht. Ihre ausgestreckte Hand berührte das kleine Gesicht, das im Spalt des Vorhangs stand. Ein schreckliches Stöhnen kam von dem Medium.

»Mein Gott!« schrie Raoul. »Mein Gott! Das ist ja grauenhaft. Das Medium …«

Madame Exe wandte sich ihm mit hartem Lachen zu.

»Was geht mich Ihr Medium an?« schrie sie. »Ich will mein Kind.«

»Sie sind wahnsinnig!«

»Es ist mein Kind. Hören Sie. Mein eigenes Fleisch und Blut! Mein Kleines, komm zurück zu mir, komm zu deiner Mama.«

Raoul öffnete den Mund, aber er brachte keinen Laut hervor. Die Lippen des Kindes öffneten sich, und wieder hörte man das Wort: »Mama!«

»Dann komm, mein Kleines, komm!« schrie Madame Exe.

Und mit einer heftigen Bewegung riß sie das Kind in ihre Arme. Hinter dem Vorhang hörte man den langgezogenen Schrei grenzenloser Angst.

»Simone!« schrie Raoul. »Simone!«

Er bemerkte nur am Rande, daß Madame Exe an ihm vorbei hastete, daß sie die Tür aufschloß, Dann hörte er Schritte, die sich immer weiter entfernten und die Treppe hinunterliefen.

Vom Vorhang her drang ein schrecklicher langgezogener Schrei – ein Schrei, wie Raoul ihn vorher niemals gehört hatte. Er erstarb in einem entsetzlichen Röcheln. Dann hörte man den dumpfen Aufschlag eines Körpers …

Raoul arbeitete wie ein Wahnsinniger, um sich von seinen Fesseln zu befreien. In seiner Todesangst vollbrachte er das Unmögliche: er zerriß die Schnur. Als er auf die Füße sprang, stürzte Elise herein. »Madame!«

»Simone!« schrie Raoul.

Zusammen stürzten sie zu dem Vorhang und rissen ihn zur Seite.

»Mein Gott«, keuchte er. »Rot – alles rot …«

Elises Stimme hinter ihm klang böse und zitternd. »Madame ist tot. Es ist zu Ende. Aber sagen Sie doch, Monsieur, was ist geschehen? Warum ist Madame so zusammengeschrumpft – warum ist sie nur noch halb so groß? Was ist hier vorgefallen?«

»Ich weiß es nicht«, stöhnte Raoul.

Seine Stimme wurde zu einem Kreischen.

»Ich weiß es nicht. Ich weiß es nicht. Aber ich glaube – ich werde wahnsinnig … Simone! Simone!«

Marie Trevelyan

Die Totenkerze

Aus Wales sowohl wie aus England wird berichtet, daß es Hexen gibt, welche die sogenannte Totenkerze machen können. Diesem alten Aberglauben zufolge soll derjenige, der sich den Zorn der betreffenden Meisterin der Schwarzen Magie (oder ihres Auftraggebers) zugezogen hat, unruhigen Schlaf und böse Träume haben, ja sogar von greulichem Alpdruck heimgesucht werden, solange die Kerze brennt.

Die Totenkerze wurde in eine Leichenhand gesteckt (in England und Frankreich sagte man dazu ›die Hand der Himmlischen Herrlichkeit‹). Im Wales heißt es, daß die Hexen sich zu diesem Zweck besonders gern unterm Galgen zu schaffen machen.

Die Totenhand aber bekommt man auf folgende Weise: Vom Leichnam eines Mörders (oder auch irgendeinem anderen Leichnam) wird die rechte Hand sorgfältig abgetrennt, sobald kein Blut mehr in den Adern ist, aber bevor das Fleisch von den Knochen zu fallen beginnt. Dann muß man sie auf ein Stück Leinwand legen und dabei bis sieben (der ›mystischen Zahl‹) zählen. Dann ruft die Hexe die ›sieben Beherrscher des Himmels‹ an: Saturn, Jupiter, Mars, Venus, Merkur, Sonne und Mond. Dann wird diese schreckliche Reliquie in ein irdenes Gefäß getan und mit Drachenwurzel bedeckt. Später wird sie in der Sonne gebleicht.

Zur Totenkerze selbst wird eine Mischung aus dem Knochenmark eines Leichnams (am besten eines hingerichteten Mörders), lappländischem Sesam und Wachs hergestellt, und der Docht ist das zusammengedrehte Haupthaar des Toten.

V. In Satans Krallen.

Höllenangst

Johann Wolfgang von Goethe

Verachte nur Vernunft und Wissenschaft,
Des Menschen allerhöchste Kraft,
Laß nur in Blend- und Zauberwerken
Dich von dem Lügengeist bestärken,
So hab ich dich schon unbedingt!

Asmus Bremer

Meister Christian und Frau Apollonia

Ein denkwürdiger Kriminalfall aus dem Jahre 1610 erzählt nach der Chronik »Wahrhaffte Beschreibung der Geschichte von vielerley Gewalt, Mord und Übelthaten« des Kieler Bürgermeisters Asmus Bremer (um 1650–1720):

Henning Rantzau auf Gut Rastorf bei Kiel hatte eine Frau, schön von Leib, aber nicht von Gemüt, mit Namen Apollonia. Diese Frau buhlte mit einem jungen holsteinischen Kavalier und ward ihrem Eheherrn feind, trachtete auch etliche Male, wie sie ihn umbringen möchte, wozu ihre Magd Abelke Helms ihr treulich geholfen. Einstmals reiste Frau Apollonia auf Rat ihrer Mutter (mit der sie es abgeredet hatte, ihren Junker ums Leben zu bringen) ganz allein nach Lunden in Dithmarschen zu einer Zauberin, welche ihr zugesagt, ihren Mann zu töten. Noch während Frau Apollonias Abwesenheit stürzte Henning Rantzau unversehens in seiner Kammer und erlitt einen gefährlichen Beinschaden. Bei ihrer Heimkehr sprach die Magd: »Ach, Frau, wie bleibt Ihr so lange aus? Unser Junker ist sehr krank gewesen.« Sie darauf: »Das hab ich wohl gewußt, daß er das Bein gebrochen, wär's doch der Hals gewesen!«

Danach reiste Frau Apollonia nach Lübeck und suchte dort erneut den Rat einer Zauberin und Wickerschen (Hexe, Anm. d. Hg.), auch hat sie ihrem Gemahl in einer Karpfen- und Eiersuppe wiederholt Gift eingeflößt, welches doch der Gutsherr mit vielem Brechen und Würgen überstanden. Schließlich überredete sie Jochen Brockdorff von Bossee, den Hofjunker ihres Mannes, daß er den Herrn auf der Jagd erschießen solle, sie wolle ihm auch eine stattliche Belohnung geben. Dieser versprach auch, solches ins Werk zu richten.

Als der Rantzau mit seinen Leuten einstmals nach dem Dorf Hammer zur Jagd ritt, aßen und tranken sie zuerst gemeinsam bei einem befreundeten Hofbesitzer und schickten dann die Jäger mit den Hunden ins nächste Dorf voraus. Nach vollendeter Mahlzeit, als Henning Rantzau den Jägern folgen wollte und dicht hinter seinem Herrn der Brockdorff ritt, schoß der ihn auf freiem Felde zweimal durch und durch und schlug den am Boden Liegenden vollends mit der Büchse tot. Darauf floh der Mörder mit beiden Pferden nach Winsen im Lande Lüneburg. Doch ließ der Herzog dem Übeltäter mit Reisigen nachsetzen und ihn gefangen nach Holstein zurückbringen. Zu Flensburg wurde Jochen Brockdorff vor dem versammelten Adel zum Rad kondemniert, von Schild und Helm entsetzt, aufs Blutgerüst geführt und enthauptet, auch endlich unter die Henker schimpflich begraben. Die mörderische Frau ließ sich die Haare scheren und ging in Männerkleidern mit einem Schneider aus Preetz davon.

Ihre Zofe und Mittäterin Abelke Helms wurde jedoch in Kiel eingekerkert. Sie gab am 2. Mai 1610, kurz vor ihrer Enthauptung, zu Protokoll, was ihr im Gefängnis widerfahren war:

»Sagt Abelke Helms, daß sie vergangene Nacht außen an den Gittern ein großes Stoßen gehört, ohne daß sie jemand gesehen oder gehört habe, wisse nicht, wer's getan, und ein Murmeln ertönte: sie müsse aus diesem Ort heraus, sonst werde es ihr Leben kosten. Das Türschloß öffnete sich von allein, nicht anders, als wenn es Meister Christian (der Teufel, Anm. d. Hg.) gewesen sei.

Wie nun die Türe unversehens offenstand, habe etwas an der Wand gewispert und mit dumpfer Stimme gesprochen: ›Nun auf, du kannst loskommen, tust du's nicht, mußt du sterben.‹

Abelke entgegnete der dumpfen Stimme: ›Wo soll ich hin? Ich habe doch die Eisen am Fuß.‹

Da antwortete es: ›Heb nur die Füße auf!‹

Sie tat es, und die Eisen fielen mit hellem Klirren von ihr ab.

Als sie aber auf Knien an das Fenster kroch und den Kopf durch die Gitterstäbe zwängte, wurde sie hart gerüttelt und an den Haaren gezogen, dabei rief es: ›O Jesus, Jesus!‹ Mit Mühe brachte Abelke ihren Kopf wieder frei, kam zu sich und sprach weinend den Spruch: ›Also hat Gott die Welt geliebt.‹

Da ertönte überlaut mit grober verdunkelter Stimme ein Lachen. Nun setzte sie sich aufs Bett und sprach das Gebet: ›Helf mir Gott und seine fünf heiligen Wunden.‹ Sogleich hatte sich die Tür geschlossen, doch fand Abelke in ihrem Schoß acht Nadeln, die solle sie schlucken – so befahl die dumpfe Stimme –, dann werde es bald anders mit ihr.«

Alois Jirásek

Das Haus des Doktor Faust

Dieses altertümliche Haus stand am Ende des Viehmarktes, an der Ecke gegenüber dem Emmauskloster. Lange, lange Zeit hatte niemand mehr darin gewohnt, und deshalb sah es verfallen und düster aus. Das einst rote Dach war dunkel geworden, an den Mauern blätterte der Putz ab, die Fenster waren von Staub und Regen trüb und blind und voller Spinnweben. Das schwere, mit mächtigen Nägeln beschlagene Eichentor wurde nie geöffnet, auch nicht das Türchen darin, und niemand blieb stehen, um nach dem eisernen, kunstvoll geschmiedeten Klopfer zu greifen.

Hinter dem Tor war es öde und still; kein Hund bellte, kein Hahn krähte. Und vor dem Tor wuchs zwischen den Steinen Gras.

Düster war auch der Garten hinter dem Haus und zu seiner Seite, an der Straße gegenüber dem Emmauskloster. Niemand pflegte ihn. Er hatte keine Rabatten, hatte keine kleinen Beete mit Blumen oder Gemüse. Auch die Pfade darin waren verschwunden. Sie hatten sich mit Gras bedeckt. Überall nur Gras, hohes, üppiges Gras, in dem die Stämme der alten Ahornbäume, Linden und Obstbäume versanken, deren Äste mit Flechten und Moos bewachsen waren.

Nur im Frühling, wenn sie in Blüte standen, wenn das üppige Gras mit Löwenzahn wie mit Goldstücken besät war, wenn dann Tollkraut und Schierling hindurchschimmerten, sah es hier heiterer aus. Aber im Herbst, wenn das Laub von den Bäumen fiel, wenn der Wind durch den Garten strich, wenn der wolkenschwere Himmel sich tief herabsenkte und der Sturm durch die kahlen Kronen brauste, da wurde es bei der früh hereinbrechenden Dämmerung unter ihnen und auch im ganzen Hause dunkel.

Trauer wehte aus dem Garten und dem Gebäude, und eine sonderbare Beklemmung befiel die Menschen. War das doch eine fluchbeladene Stätte, und des Nachts ging hier der Geist von Doktor Faust um, der auch im Tode keine Ruhe fand, so wie er sie im Leben nicht gefunden hatte. Doktor Faust hatte vor langen Zeiten in diesem Hause gewohnt. Hier hatte er sein Zauberwerk vollbracht, hier hatte er in Zauberbüchern geforscht, hatte den Teufel beschworen und ihm seine Seele verschrieben. Dafür hatte der Teufel dem Doktor gedient und ihm alles erfüllt, was er sich nur wünschte und in den Kopf setzte. Aber dann, als die Zeit abgelaufen war, da hatte der Teufel gesagt: »Genug jetzt, nun komm!«

Doch der Doktor wollte noch nicht; er wehrte sich, so gut er konnte und es verstand. Er versuchte den Teufel zu beschwören und zu behexen, aber nichts half. Der Teufel machte sich über ihn her, packte ihn, hielt ihn mit den Klauen fest, und als sich Faust immer noch sträubte, da fuhr er mit ihm hinaus, nicht durch die Tür, sondern geradenwegs durch die Decke.

Und so erging es Faust, wie er es verdient hatte: Er hatte sich dem Teufel verschrieben, und der Teufel hatte ihn geholt.

Aber das Loch, durch das sie hinausgefahren waren, blieb. Es wurde zwar einige Male zugemauert, doch jedesmal fiel das Mauerwerk bis zum Morgen herunter, und wieder klaffte das schwarze Loch wie vorher. Zu guter Letzt ließen die Leute das Zumauern sein, denn sie bekamen es mit der Angst, besonders als im Hause Fausts Geist umzugehen begann. Jede Nacht spukte es dort, und so hielt es selbst der kühnste Mieter nicht in seinem Hause aus.

Dann zog niemand mehr dort ein, und das alte Gebäude blieb leer. Es verödete und verkam. Niemand setzte seinen Fuß hinein, jeder machte lieber einen Bogen darum, besonders abends und nachts. Einmal aber, es war im Herbst, und es dämmerte schon, blieb am Tor von Fausts Haus ein junger

Mann stehen, ein Student. Daß er nicht im Überfluß lebte, sah man seinem abgetragenen Dreispitz an, seinem schäbigen Rock, den fadenscheinigen Hosen, den gestopften Strümpfen und den heruntergetretenen Schuhen.

Er war bettelarm wie ein streuender Hund. Und er hatte kein Dach über dem Kopf. Miete zahlen konnte er nicht, und so wurde ihm die Wohnung gekündigt. Er war durch Prag gewandert, um eine Wohnung zu suchen, aber keiner hatte ihn erhört, niemand ihn aufgenommen. So war er den ganzen Tag gegangen, bis er müde und ermattet vor Fausts Haus geriet. Wie er hierhergeraten war, wußte er selber nicht.

Die Dunkelheit brach herein, ein feiner Regen fiel, und es wehte ein kalter Wind. Dem war der armselige Rock des Studenten, mochte er ihn gleich bis zum Hals zuknöpfen, nicht gewachsen, und die löchrigen Schuhe hielten die Nässe nicht ab. Der Student zitterte schon vor Kälte. Der Regen fiel immer dichter, die Dunkelheit nahm zu, der Herbstabend war da, aber wohin über Nacht?

Er wußte nicht, wo er sein Haupt hätte zur Ruhe betten können. Er schaute sich um, heftete seine Blicke auf das alte, düstere Haus. Von hier jagt mich keiner weg, dachte er, und Bitterkeit überkam den jungen Mann. Eine Weile zögerte er noch, dann faßte er die Klinke an, sie gab nach, das Türchen öffnete sich, und schon stand er im Torgewölbe. Hier war es trocken, und hier wehte kein Wind. Und da er sich nun schon einmal bis hierher gewagt hatte, ging er weiter.

Über eine Treppe, in deren Nischen rechter Hand sonderbare Statuen standen, gelangte er auf einen Flur. Der war lang und verlor sich am Ende im Dunkeln. Längs des ganzen Flurs gewahrte er eine Reihe dunkler Türen, die in die Zimmer führten. Hier war es still und öde; vom Hof aber und aus dem verlassenen Garten drang das Brausen des Windes herein.

Der Student überlegte eine Weile, dann drückte er mutig die Klinke der nächstliegenden Tür nieder und trat in die Stube. Unter ihrer gewölbten Decke war es schon dunkel; der Dämmer lag hier so dicht, weil die Wände bis zur halben Höhe mit Eiche getäfelt und alle Möbel, der alte Tisch, der Schrank und die Bänke längs der Wand, aus dunklem Holz gefertigt waren. Vor dem Tisch ragte schwarz ein hochlehniger Sessel auf.

Der Student blieb eine Weile an der Tür stehen, dann ging er weiter und setzte sich in den Sessel. Er schaute sich um, wartete, lauschte. Nichts regte sich, und niemand ließ sich sehen. Nur der Wind heulte ums Haus, und der Regen klatschte an die Fenster. Der Student im Sessel wartete, lauschte, bis ihn die Müdigkeit übermannte und die Stimme des Windes und Regens ihn einschläferte.

Er schlief bis elf, verschlief Mitternacht, die Stunde nach Mitternacht, er schlief bis zum hellen Morgen, und nichts, gar nichts störte ihn auf. Am Morgen wunderte er sich, wo er war, und als er sich bewußt wurde, wo und wie ruhig er die Nacht verbracht hatte, da schöpfte er neuen Mut. Er dachte nicht an Flucht, sondern ging frisch und munter ins Zimmer nebenan. Es war ebenfalls mit Möbeln ausgestattet, und außerdem hingen an den Wänden einige nachgedunkelte Bilder, aus denen nur die düsteren Gesichter bärtiger Männer heller hervorstachen. Von dem ehemaligen Bewohner jedoch, dem Doktor Faust, an den er jetzt dauernd dachte, war auch hier kein Erinnerungsstück zurückgeblieben.

Erst dann im dritten Zimmer. Da stand das alte Bett unter einem ausgeblichenen Stoffhimmel, auf der Erde lagen zerschlissene Kissen, zwei umgeworfene staubbedeckte Stühle und ein aufgeklapptes altes Buch in einem vergilbten, einstmals weißen Ledereinband. Und in der Decke ein Loch! Es gähnte schwarz herunter, wie mit Gewalt auf einen Schlag herausgebrochen.

Da stutzte der Student. Er erinnerte sich daran, was er gehört hatte, und jetzt sah er, daß in dieser Stube alles so war wie damals, als der Teufel den Doktor Faust geholt hatte. Die Stühle hatte er wohl umgeworfen, dieses Buch hatte er nach dem Teufel geschleudert. Der Student wagte nicht, es anzurühren, und er hielt sich auch nicht lange hier auf. Im Zimmer daneben entdeckte er nichts Besonderes, nur daß eine Holztreppe zur Decke hochführte. Er stieg auf ihr empor bis zum Gewölbe, zur Öffnung über der Treppe, durch die er weiter nach oben steigen konnte. Als er auf die letzte Stufe trat, vernahm er hinter sich ein scharrendes Geräusch. Er erschrak. Die Treppe, auf der er hochgestiegen war, klappte von selber zusammen, als wäre sie aus Papier, und verschwand in der Decke, über der er jetzt stand, in einem neuen Raum, größer als alle, die er bisher durchschritten hatte. Vor Staunen darüber vergaß er die Treppe und wie er heraufgekommen war.

Das Zimmer war geräumig, die gewölbte Decke zeigte Abbildungen von Sonne, Mond und anderen Sternen und Himmelszeichen. An den Wänden standen dunkle Regale voller altertümlich gebundener kleiner und großer Bücher und Tische mit verschiedenen Gefäßen aus Metall und Glas, leere Fläschchen und andere mit roten, goldenen, blauen und hellgrünen Tinkturen. Inmitten des großen Raumes stand ein langer, mit grünem Tuch bezogener Tisch mit gekreuzten Beinen. Auf dem Tisch schimmerten Gefäße aus Messing und Kupfer und alle möglichen Meßinstrumente, daneben lagen vergilbte Papiere und Pergamente, beschriebene und unbeschriebene, ein aufgeklapptes Buch unter einem Zinnleuchter mit einer halb abgebrannten Wachskerze. Alles sah aus, als wäre jemand vor langer Zeit von hier weggegangen.

In diesem Zimmer hielt sich der Student am längsten auf. Als er dann wieder an die Öffnung herantrat, durch die er heraufgestiegen war, senkte sich die Holztreppe von selber wieder hinab, so daß er ungehindert hinuntersteigen konnte. Aus der Stube darunter ging er jedoch nicht mehr in Fausts Schlafzimmer. Durch eine andere Tür gelangte er in einen Vorsaal;

dort erblickte er einen anmutigen Knaben, der eine Trommel umgehängt hatte. Sobald der Student an ihn herantrat und die Trommel berührte, bewegte sich der Knabe wie lebendig und begann zu trommeln. Die Schlegel wirbelten nur so in seinen Händen, und die Trommel rasselte, daß die Fensterscheiben klirrten. Der Junge trommelte und trommelte, und der Student rannte erschrocken auf den Flur.

Von dort eilte er in die Toreinfahrt und dann auf den leeren Hof, an dessen Rand ein Brunnen stand. Gelbe Flechten und grünes Moos wuchsen auf seinen Sandsteinquadern, und die herabgefallenen gelben und roten Blätter der Linden und Ahornbäume bedeckten ihn und seine verwitterte Steinfigur eines sonderbaren Scheusals.

Auch durch den Garten ging er noch; lange hielt er sich aber dort nicht auf. Unter den alten Bäumen, zwischen Dornen und Gestrüpp war es an diesem trüben Herbsttag nicht eben gemütlich. Er kehrte also wieder ins Haus zurück. Dort war es schon still, der Trommelbube hatte zu trommeln aufgehört. Aber zu ihm ging er nicht mehr, sondern wieder in die große Stube mit dem Gewölbe, und hier sah er die Pergamente und Papiere auf dem Tisch durch. Unter ihnen fand er eine glatte, glänzende Schale aus schwarzem Marmor und darin einen Silbertaler, rein und schimmernd, wie neu.

Er freute sich und erschrak zugleich. Eine Weile stand er da und überlegte, was er mit dem Taler machen sollte. Er hatte keinen Groschen in der Tasche, und der Hunger war groß. Aber wenn nun Faust oder der Teufel selber ...!

Er zögerte, fürchtete sich, doch dann nahm er den Taler an sich und ging in die Stadt. Abends kehrte er zurück, gesättigt, aber voller Angst, es könnte ihm des Nachts ein Geist erscheinen. Er setzte sich wie gestern in den hochlehnigen Sessel, um hier zu schlafen. Er schlief jedoch nicht so rasch ein wie am Abend zuvor, und nachts wachte er mehrmals auf. Es kamen zum Glück weder Fausts Geist noch der Teufel.

Als er am Morgen wieder die Bibliothek und die Instrumente auf dem Tisch besichtigte, fand er in der Marmorschale erneut einen Taler. Gestern hatte einer dort gelegen, den hatte er sich genommen, hatte ihn in der Stadt gewechselt, etwas Kleingeld klimperte noch in der Tasche, und jetzt funkelte unversehens ein neuer Taler, weiß wie Milch, in der schwarzen Schale! Der ist gewiß für ihn bestimmt, Doktor Faust oder wer auch immer ist ihm wohlgesinnt. So dachte der Student und nahm das Geldstück.

Vor dem Mittag ging er abermals in die Stadt und kehrte erst abends heim, den Rest des zweiten Talers in der Tasche. Und wieder übernachtete er in dem Hause, ebenso ruhig wie gestern. Am Morgen eilte er schnurstracks in die Bibliothek und gleich zu dem Tisch. Er lag dort, ein Taler lag dort, sauber wie frisch geprägt, und er lag wie immer in der schwarzen Schale. Der Student zweifelte nicht mehr, daß er für ihn bestimmt war, und nahm ihn sich ohne die geringsten Bedenken.

Und so fand er jeden Tag am selben Ort einen Taler. So viel verbrauchte der Student gar nicht für einen Tag. Was übrigblieb, legte er zusammen, bis er sich einen neuen Anzug, Mantel, Hut und Schuhe zusammengespart hatte. Dabei ließ er es sich wohl ergehen. Er hatte seine Wohnung, hatte keine Angst mehr in Fausts Hause, hatte sich an dieses stille Gemäuer gewöhnt, wo ein guter Geist für ihn sorgte, ohne sich ihm je zu zeigen. Für den Winter war in Hof und Garten genug Holz da. Er heizte, legte Holz zu, daß das Feuer im Ofen in der unteren Stube oder in dem großen Kamin oben in der Bibliothek lustig prasselte; er las in den Büchern aus Fausts Bibliothek, in denen, die er auf dem großen Tisch vorfand, auch in dem, das unten im Schlafzimmer lag. An das wagte er sich erst spät heran; aber in ihm fand er auch am meisten, es war voller Krakelfüße und sonderbarer Zauberzeichen und Beschwörungsformeln. Mit bangem Herzen begann er darin zu lesen, und auch später noch sträubten sich ihm bei den Zauberworten oft die Haare.

Manchmal wurde ihm in dieser Einsamkeit angst. Ausziehen jedoch wollte er nicht. Hier hatte er Ruhe und Bequemlichkeit und außerdem täglich einen Taler, ohne dafür etwas zu tun! Die Gefährten von der Hohen Schule, in die er immer seltener ging, wunderten sich, was mit ihm geschehen sei und wie er sich verändert hatte, was für ein Stutzer aus ihm geworden war. Sie erstarrten vor Schreck, als sie von ihm hörten, wo er wohnte, und sie weigerten sich, ihn dort zu besuchen. Zu guter Letzt lockte doch die Neugier einige in das verrufene Haus. Er führte sie überallhin, von der Toreinfahrt ins obere Stockwerk, durch den Vorsaal, die Zimmer, die Bibliothek, er zeigte ihnen das Schlafzimmer, wo das Bett wiederhergerichtet war, denn er schlief nun selber darin, das mit einem Teppich zugestopfte und verdeckte Loch in der Decke, er ging mit ihnen durch den Garten und zeigte ihnen alles, worauf er während seines Aufenthalts in dem alten Gebäude schon gestoßen war.

Und sie erfuhren voller Staunen von den Wundern der geheimnisvollen Wohnung, von dem trommelnden Knaben, von den sonderbaren, leise singenden Statuen in den Nischen an der Treppe, von der Zauberklinke an einer Tür, die Funken sprühte und jedem einen Schlag versetzte, der sie berührte, von dem Zimmer, in das sich eine Treppe von der Decke herabsenkte und dann wieder zusammenklappte, von den seltsamen Instrumenten und Zauberbüchern. Auch von der eisernen Tür erfuhren sie, die in den Keller führte, in einen langen, dunklen Gang.

Nur die schwarze Schale mit dem Silbertaler erwähnte der Student nicht. Aber er lachte über seine Kommilitonen, als sie ihn warnten, er solle nicht hierbleiben, denn alles zu seiner Zeit, plötzlich werde ihn das Unheil treffen, da werde ihm ein böser Geist eine Falle stellen.

Und das war nicht in den Wind geredet. Das Lockmittel lag in der schwarzen Schale.

Tag für Tag hatte er seinen Taler, er brauchte sich um nichts zu sorgen, brauchte nichts zu tun. Er hatte sich an die Bequemlichkeit gewöhnt, begann sich so manches auszudenken, ließ es sich immer besser gehen, staffierte sich aus, die Ausgaben wuchsen, aber das Geld in der Schale nahm nicht zu. Ein Taler am Tage reichte bald nicht mehr.

Der Student hatte sich die Bescheidenheit abgewöhnt. Er hatte vergessen, wie es um ihn stand, als er hierhergekommen war. Und zur Arbeit hatte er keine Lust mehr. Er verließ sich auf die Bücher, auf das vom Tisch in der Bibliothek und auf jenes aus dem Schlafzimmer. In ihnen stand, wie man die Geister rufen und beschwören kann. Von allein waren sie ihm nicht erschienen, er hatte Ruhe vor ihnen, und er selbst hatte sie bis jetzt noch nicht gerufen. Scheu und Furcht hatten ihn davon abgehalten. Aber jetzt stachelte ihn die Geldgier an. Das Silber genügte ihm nicht mehr. Selbst an einer Schale voller Silbertaler hätte er nicht genug gehabt; er wollte Gold, und dazu sollten ihm die Bücher verhelfen.

Einmal hatte er den ganzen Tag in der Stadt gezecht und geliehenes Geld verschwendet; dabei hatte er seine Kumpane, die Kameraden aus dem nassen Viertel, prahlerisch ermuntert, bedenkenlos zu trinken, morgen werde er noch mehr Geld haben, und zwar Gold, lauter Gold, und kein geliehenes, sondern eigenes, und er werde den Geist, der ihm bislang gedient hatte, dazu zwingen, Dukaten zu spenden und nicht nur schäbige Taler ...

Spät am Abend kehrte er in Fausts Haus zurück. Einige betrunkene Zecher wollten mit hinein. Er erlaubte es jedoch nicht, heute müsse er allein sein, in dieser Nacht habe er etwas Wichtiges vor. Sie schauten ihm nach, als er eintrat, als hinter ihm das Türchen in dem schweren Tor zufiel. Und sie sahen ihn nie wieder. Weder sie noch sonst einer. Er erschien auch nicht mehr an der Hohen Schule, nie mehr in ihrer wüsten Gesellschaft.

Als einige seiner Bekannten, die schon einmal bei ihm in Fausts Hause gewesen waren, hingingen, um ihn zu suchen, fanden sie ihn nicht. Das Haus war leer und still und verlassen. Von dem Studenten keine Spur. Nur im Schlafzimmer erblickten sie das auseinandergeworfene Bett, die Kissen lagen auf dem Fußboden, Kleidungsstücke waren überall verstreut, der Mantel in Fetzen gerissen, die Stühle umgekippt, auf dem Fußboden lag das aufgeschlagene Zauberbuch und daneben der umgeworfene Leuchter mit der abgebrannten Kerze …

Alles sah aus, als hätte hier ein Kampf stattgefunden. Und an der Decke! Der Teppich lag heruntergerissen und zerfetzt auf dem Fußboden, und das schwarze Loch klaffte weit! An seinem Rand entdeckten sie rote Flecken wie von verspritztem Blut. Und es war nicht schwärzlich, sondern frisch, erst vor kurzem vergossen.

Alle bekreuzigten sich und flüchteten entsetzt aus dem Hause des Doktor Faust. Es schauderte sie, wie entsetzlich ihr Freund umgekommen war. Gewiß hatte er einen bösen Geist beschworen, hatte ihn hoffärtig gerufen, und der böse Geist hatte ihm übel mitgespielt. Er war mit ihm durch das Loch in der Decke verschwunden, so wie vorzeiten der Teufel den Doktor Faust geholt hatte.

Ludwig Hevesi

Jules Verne in der Hölle

Ein Brief des verstorbenen Schriftstellers
an den Herausgeber

Inferopel, 00. Bratmond A. D. 0000*

Endlich, lieber Freund, komme ich dazu, Ihnen meine ersten Eindrücke aus der Hölle zu schildern. Erwarten Sie nichts Zusammenhängendes, denn ich bin erst gestern bei einem Damentee zu Scharpie zerzupft worden; eine der leichtesten Strafen in dieser mit Unrecht so berühmten Strafanstalt. Schon das Wort Scharpie macht Sie ja stutzen. So weit zurück sind sie hier noch in der Wundbehandlung. Überhaupt ein in mancher Hinsicht schlecht gehaltener Ort, mit teilweise ganz veralteter Wirtschaft. Denken Sie doch, es gibt noch nicht einmal eine Isothermenkarte der Hölle, so daß ich nichts Verläßliches über die Wärmeverteilung daselbst erfahren konnte. Jedenfalls bekam ich zunächst einen Stockschnupfen, denn mein Eingangspförtlein lag am infernalischen Nordpol. Die Formalitäten waren recht einfach. Ein verdammter Zahnarzt reparierte schnell mein Gebiß, um mir das Zähneklappern zu erleichtern. Und ein gebratener Chemiker, der zur Abkühlung hierher pardoniert worden, stellte durch Reagenzien fest, ob ich eine saure oder basische Seele sei. Ein dritter Beamter, mit der weißen Mütze eines Koches, bezeugte mir auf einem Zettel, daß ich zu den ungenießbaren Subjekten gehöre. Es gibt hier nämlich zwei Kategorien von Seelen: eßbare und nicht eßbare. Ich habe, wie ich später sah, allen Grund, mich zu freuen, daß ich zu letzteren gehöre. Interessant war das Fremdenbuch, in das man mir einen Blick gönnte, jedenfalls aus

* A. D. bedeutet hier Anno Diaboli. Zahlen werden nur durch Nullen ausgedruckt, weil hier ohnehin Ewigkeit herrscht.

Stolz über so hohe Besuche. Nur die erste Seite wollte man mir nicht zeigen; ich würde ohnehin geblendet werden, hieß es. Weiterhin sah ich auf einem Blatte die Unterschriften: Dante Alighieri und Publius Vergilius Maro. Seine Höllenfahrt war also keine Erfindung! Ich fragte nach der Adresse einer Teufelin namens Joconde, die ich in jüngeren Jahren in Paris gekannt hatte. Man schlug sofort den infernalischen Lehmann auf, der eine ganze Vorstadt voll Bibliotheken bildet. Es sollen 34913 Milliarden Namen darin verzeichnet sein. Zehn Magazine enthalten bloß die Namen der Namenlosen, also Vorgeschichtliche und dergleichen. Ein Edisonscher Namenaufschlager von mir unbegreiflicher Konstruktion fand auf den siebenten Tastendruck meine Joconde, die jetzt freilich Dolores heißt. Sie bedient im satanischen Konservatorium eine Tickmaschine, zur Erzeugung von *Tic douloureux* im großen. Was besagten Edison betrifft, ist er ein steckengebliebenes Erfindergenie, von dem der jetzige Edison (Thomas Alva) im vierten Glied abstammt.

Wie ich nach Inferopel gelangt bin, kann ich mir noch nicht erklären. War es eine Bewegung, eine Polarisation, eine Änderung meines Aggregatszustandes, ich weiß es nicht. Jedenfalls war die Reise unangenehm. Es ging zunächst durch eine Zone höherer Mephitik. Auch knallte es unausgesetzt auf allen Seiten, und man wurde immerfort von unsichtbaren Peitschenschmitzen getroffen. In der Luft lag ein schauerliches Singen und Klingen von zahllosen Telephondrähten; Gebetdrähte nannte man sie mir später. Ich weiß nicht, ich hatte das Gefühl, als ob ich einen Führer hätte. Auch dieses Gefühl kann ich nicht näher bestimmen. Nicht einmal andeutungsweise. Ich hatte etwas wie die Projektion nach oben von einer subliminaren Vorstellung, daß in meiner Nähe ein Wesen sei, das … lachen Sie mich aber nicht aus … ein Wesen etwa wie ein sechseckiger Klang (!). Ich kann nicht dafür, ich hatte eine unerklärliche Mischempfindung wie von der Nähe eines Etwas,

dessen Eltern ein Sechseck und das dreigestrichene f einer Oboe wären. Was wissen denn Sie, in Ihrem stumpfen Erdenfleisch, was für Wesensmöglichkeiten jenseits obwalten! Was für Mesalliancen dort vorkommen mögen! Ich sah es nicht, ich hörte es nicht, ich roch und griff und schmeckte es nicht, aber es war da. Mit keinem Sinne faßbar, lag es mir in allen Sinnen. E… ES …! Ich nannte es so, denn ich wußte ja nicht einmal, ob es ein Männlein oder Weiblein war. Allerdings neigte ich zur letzteren Annahme. Da stand nämlich an einer gewissen Stelle eine Tafel mit einer transparenten Kundmachung: »Links fliegen.« Von einer Art anonymer Anstiftung bewogen, tupfte ich mit dem Zeigefinger auf den Punkt, der diesen Text schloß. Mit lautem »Au!« fuhr ich zurück, verbrannt oder verbrüht, denn in der Hölle ist jeder Punkt ein Siedepunkt. Doch warum hatte ich ihn berührt? ES fiel mir ein. Gewiß hatte ES mich veranlaßt, aus Mutwillen, um sich einen Jux zu machen. Und das sah jedenfalls einem Frauenzimmer ähnlich.

Eine bittere Kälte machte sich plötzlich geltend. Ich hörte etwas wie eine unhörbare Stimme – ES sprach zu mir –: »Hier herum sind die Kältefabriken, wo Kältemischungen zubereitet werden. Von 1000 Grad unter Null abwärts. Denn Kälte brennt mehr als Wärme. Die höchsten Wärmegrade erzeugen wir auf kaltem Wege.« Immer deutlicher hörte ich dieses unhörbare Sprechen. Plötzlich sah ich einen Mann stehen, der war buchstäblich vergletschert. Augen, Mund, Bart bildeten einen kleinen Rhonegletscher. In seinen Taschen hatten sich niedliche Taschengletscher festgesetzt. Er reichte mir ein viereckiges Blättchen aus geschliffenem Kristalleis; seine Visitenkarte. Erstaunt las ich darauf: »Andreas Celsius, Generaldirektor der infernalischen Kältefabriken.« Mein Rückenmark begann sich in einen Eiszapfen zu verwandeln; selbstverständlich von unten nach oben. Ich kroch in den nächsten feurigen Ofen, um mich etwas aufzutauen, und bat zwei Pusteteufel, die mit ganz altmodischen Blasebälgen hineinfauchten, nur recht fleißig zu sein. Die Hitze tat mir wohl; es ist eben doch alles relativ in der Welt. Weiterhin kam ich an mehreren Pech- und Schwefelgruben vorbei, aus denen es gen Himmel ächzte und stöhnte. Sie waren alle ohne Schutzgeländer, ganz polizeiwidrig. Bei uns in Amiens, solange ich im Gemeinderat saß, war das nicht gestattet. Auch von rauchverzehrenden Vorrichtungen keine Spur. In einem mannshohen eisernen Mörser stampfte ein enormer rotborstiger Teufel einen armer Sünder. »Schon Seit 3000 Jahren«, raunte ES mir zu. Aber bei jedem Stampfer, den er mit dem Stößel tat, schrie er selber gottsjämmerlich auf. Nämlich der Mörser hatte unten ein Seitenloch, durch das eine große Zehe des Teufels in den Mörser hineinragte. So traf er mit jedem Stoß auch sich selbst mit auf die Zehe. Ich fand das, bei aller Naivität der Mechanisierung, doch ganz praktisch. Und das ging schon seit 3000 Jahren so fort; dabei kann einem die Zeit nicht zu kurz werden. Mit Erstaunen sah ich da und dort auch Kessel, in denen gewisse Leute in Öl gesotten wurden. Holzfeuerung! So primitive Methoden kommen noch immer vor. Ich konnte gar nicht zusehen, mir war das zu unwissenschaftlich. Und im Gegensatz dazu wieder die geistreichste Ausgefallenheit: eine Versammlung von Leuten, die unaufhörlich kreuz und quer durcheinanderpurzelten. »Raten Sie«, sagte ES, schon fast artikuliert, »woran die laborieren. Ach, Sie werden es ja nicht erraten. Von der Wanderniere haben Sie jedenfalls schon gehört? Nun, diese Leute haben einen wandernden Schwerpunkt. Bald ist er im Kopfe, bald fällt er plötzlich ins rechte Knie, um gleich wieder in die linke Schulter emporzuschnellen. Und immer folgt ein Purzelbaum, der den Schwerpunkt hübsch zuunterst bringt.« Es war in der Tat wie eine Produktion im Varieté. Ein verdammtes Publikum – nämlich ein Publikum von Verdammten – stand herum und sah ganz erheitert zu. Überhaupt bemerkte ich, daß immer die einen

Gequälten über die Qualen der anderen lachten. Das ist ja so menschlich; wie könnten sie sonst ihre eigene Pein ertragen?

In diesem Augenblick ergriff mich eine Hand – es konnte doch nichts anderes sein – die Hand irgendeines unabsehbaren Ungetüms – ich fühlte mich hinweggerafft, sah drei schneidend grelle Stahlblitze, fühlte drei zerschmetternde Schläge gegen meinen Brustkorb, Funken sprühten mir aus den Augen, Nasenlöchern, Ohren und Poren – ich verlor das Bewußtsein. Als ich es wiederfand, lag ich in einem Kahn, der einen breiten Strom hinabtrieb. ES war bei mir und erzählte, der Oberspeiteufel Mmmm, dessen rechter Arm drei Kilometer lang sei, habe mich für einen Feuerstein gehalten und Feuer aus mir geschlagen, um sein Stummelpfeifchen in Brand zu setzen. Er raucht natürlich Seelen, meist von Tabakschwärzern, mischt sie aber jetzt mit Seelen von Morphinisten. So hat er den Doppelgenuß von Nikotin und Opium. Ich sei in der Tat ein recht guter Feuerstein, sehr kieselsäurehaltig, wie übrigens schon die chemische Eintrittsuntersuchung auf sauer oder basisch dargetan habe. Nun, ich muß gestehen, daß ich lieber etwas anderes wäre als ein Silikat. Das ist sozusagen keine Existenz für einen gebildeten Menschen. Meine Rippen schmerzten mich ganz erklecklich. ES zog eine kleine Spritze hervor und erwies mir eine subkutane Wohltat. »Allerdings«, antwortete ES auf meine verwunderte Frage, »Dr. Pravaz ist ja auch in der Hölle, er verkauft uns allen insgeheim Pravazsche Spritzen. Viel Bestechlichkeit und Mißbrauch da unten. Aber, mein Gott, in manchen Augenblicken könnte man's sonst wirklich nicht aushalten. Sie fragen, womit wir bestechen? Was unsere Schätze sind? Sie müssen wissen …«

Leider konnte ich nicht zuhören, denn es wurde nachgerade zu heiß. Der Strom, auf dem wir dahinglitten, mußte siedend heiß sein, denn er sandte schwere, branstig-brenzliche Dämpfe empor. Ein dicker, gelblicher Qualm wälzte sich über uns stromabwärts, so weit das Auge reichte. Mir rann es von allen Stirnen; Schweiß und Kieselsäure gemischt. »Wissen Sie, was das für ein Strom ist?« sagte ES und plätscherte mit unsichtbarer Hand in dem siedenden Naß. Mir grauste, wie ich das Geplätscher sah. Die Hand mußte längst gesotten sein; nämlich wenn sie siedbar war. »Es sieht wie Öl aus«, sagte ich. – »Öl?« ES lachte. – »Oder … wie Paraffin«, riet ich weiter. – »Paraffin?« ES lachte stärker. – »Oder wie Margarine! … Kunerol! … geschmolzene Butter« – »Aha!« sagte sie mit einem echt weiblichen Naturlaut. Gewiß, sie war ein Frauenzimmer. Ein schrecklicher Gedanke stieg in mir auf. »Es wird doch nicht?…« – »Gewiß wird es!« – »Fett?« schrie ich schaudernd. – »Schmalz«, sagte ES ruhig. – »Menschenfett?« – »Sagen wir Sünderschmalz. Wie es von den ungeheuren Kochkesseln der Fresser, Säufer, Völler abgeschöpft wird. Aus vielen Bächen strömt es seit Jahrtausenden hier zusammen und wird eine Donau, eine Wolga von Schmalz.«

»Liebes Fräulein«, sagte ich, »ich vergehe vor Hitze, haben Sie nicht eine kleine Erfrischung bei sich? Eine ganz kleine, vielleicht eine Schale Gefrornes. Nur mache ich Sie aufmerksam, daß ich Vanille nicht mag. Himbeer vielleicht oder Erdbeer.« Ich sagte das mit dem Galgenhumor eines sterbenden Spaßvogels. – »Sie sollen sofort eine ganz gründliche Abkühlung haben«, sagte ES, nicht ohne Schalkheit. Wahrhaftig, ES flirtete schon mit mir. Und da stieß auch schon der Kahn an ein Ufer. Ein Eiland lag mitten im Strome, mit einer hochgetürmten Burg, die aber keine war. Sondern eine Fabrik. Von Makroben. Großartige Reinkulturen von Makroben, die in einer eigenen Mikroskopierungsanstalt mikrobisiert und so nach der Erdoberfläche versandt werden. »Das ist Nosonesos, die Insel der Krankheiten«, sagte ES. Sehr interessanter Platz. Ich habe leider nicht Raum und Zeit, das alles haarklein zu beschreiben, also nur in Kürze: Wir stiegen aus, und ich wurde mit Bazillen des kalten Fiebers geimpft. Ein wohltätiger Schüttelfrost stellte sich ein, ich war wieder ein Mensch. Ein

Ex-Mensch wenigstens. Wir stiegen wieder in den Kahn und fuhren weiter. Ich klapperte mit den Zähnen, als hätte ich deren vierundsechzig im Munde. Ein Kopf tauchte aus dem Strom, krebsrot gekocht, starrte mich an, sagte: »Ein gutes Gebiß« und tauchte wieder unter.

Der Strom verengte sich allmählich, zwischen Felsenufern. Klippen tauchten auf, alle dick übersintert und mit rötlichen Kristallen gespickt. »Wärmekristalle«, sagte ES, mit einem Gleichmut, als meinte ES: »Gänseblümchen.« Ich erfuhr das Nähere später. Alle unsere irdischen Wärmetheorien sind nämlich keinen Pfifferling wert. Wärme ist einfach ein Körper. Und Licht auch. Und Schwere auch. Und Kraft auch ... Mir blieb der Verstand stehen ... und so steht er noch heute. Ich habe mich trotz aller Erklärungen noch nicht hineingefunden. Aber was würden Sie sagen, wenn Sie »Kraft« gesehen hätten, wie es in einer Art metallischer Form, mit dem Hammer auf dem Amboß geschmiedet wurde? Hufeisen aus Kraft an den Hufen von plutonischen Höllenrossen. Kraft in Draht gezogen, Schwere zu Münzen geprägt, Licht in Konservenform, in Blechbüchsen. Heilige Physik! rief ich immer wieder aus. Wie gesagt, die Klippen waren alle ganz bekränzt mit Girlanden von Wärmekristallen. Wärmestalaktiten, möchte ich sagen. Sie haben auch flüssige Wärme und geronnene, gefrorne, fossile (denken Sie an die Steinkohlen). Es ist, als ob auch alle Imponderabilien hier verkörpert würden, wie die Seelen, während vermutlich im Himmel die Körper verseelt werden. Animiert, in besonderem Sinne ...

Nun, ich hatte nicht lange Zeit zum Staunen und Fragen, denn mich ergriff eine haarsträubende Ahnung. Wir schossen immer schneller dahin. Es waren augenscheinlich Stromschnellen. »Es wird doch nicht ein Wasserfall kommen?« rief ich ganz aufgeregt. – »Nein!« entgegnete ES mit einem seltsamen Spott im Tone. – »Aber diese Rapids ... ich sah solche am Niagara ... es muß ja ein Fall kommen!« – »Ach, ein Fall, das ist was anderes«, sagte ES fast höhnisch, »Aber Sie sagten vorhin Wasserfall. Ist denn dies Wasser?« – »Ein Schm... Schmalzfall!« stammelte ich ganz entgeistert. »Ein Katarakt von siedigem Fett ... Halt! Halt! Ich will aussteigen!« Ich war offenbar höchst lächerlich, denn ES lachte laut auf. »Aussteigen – unmöglich. Strömung zu stark. Wir müssen hinab ... *shoot the falls* ... Was weiter? Der Zambesifall ist ja nur wenig höher als der Niagara, und unsere Schmalzfälle sind nur wenig höher als der Zambesifall.« Ich verstummte. Die Zunge lag mir im Munde wie gekocht... Pfeilschnell schossen wir dahin. Ein Brodeln und Britzeln und Prasseln und Blasenwerfen ringsum ... und neben dem Kahn das kleine, brillantensprühende Geplätscher, wenn ES spielend die Hand in das entsetzliche Element tauchte. Wäre es doch lieber Blut gewesen! Aber Fett! Schmalz! Pfui! Pfui! Ich hatte auf der Zunge einen Geschmack wie Pfujolinsäure. Von doppeltpfujolinsaurem Fidoncoxydul... Und es kam, unentrinnbar... Hinab! ... Nein, keine Schilderung! Ich müßte erst ein Wörterbuch erfinden, um Ihnen das...

Als ich aus dem Abgrund meiner Betäubung erwachte, war mein einziger Gedanke: Ich bin gekocht. Wie ein Branzino, in Öl. Ach wo? Öl: Wenn es nur das wäre... »Nein, gekocht sind Sie nicht«, sagte ES, dicht an meinem Ohre. Ich hätte sie umarmen mögen, wegen dieser trostreichen Versicherung. »Sie sind ja keine eßbare Seele, also wird Ihnen alles fremd bleiben, was Nahrungsmitteln zustoßen kann. Unlogisch sind wir in der Hölle nicht.« Ich muß gestehen, mir fiel ein Stein vom Gemüte. Alles mag ich, nur nicht frikassiert werden. »Sie haben recht«, sagte ES. »Und Sie werden das erst recht spüren, wenn Sie Seine Diabolität sehen werden, die sich seit Jahren mit der Verdauung des großen X.* beschäftigt. Ein satanischer Genußbegriff. Ich verdaue ihn, pflegt er immer zu

* Ich setzte hier lieber X. Jules Verne schreibt einen Namen, den zu nennen ich Anstand nehme.

sagen und … er weiß es. Daß der X. es weiß und sich doch verdauen lassen muß …! Nna!«

Wir lagen unter einem blühenden Asa Foetida-Strauch in parkartiger Gegend. Gewählte Mißdüfte schmeichelten allem, was Riechmembran heißt. Von Zeit zu Zeit rief ein Kuckuck oder vielmehr es schrie einer, den eben der Kuckuck holte. »Dort liegt die Moresschule«, sagte ES. – »Was für eine?« – »Sie heißt so, weil man dort Mores gelehrt wird« … Aber ein Schmerzensschrei gehörte ja zur Stimmung des Ganzen. Eine violette Sonne – eigentlich ein innerer Mond der Erde, in deren Schoße wir uns befanden – stand am Gewölbe und ließ uns orangegelbe Schatten werfen. Nicht nur mich, … auch sie! Ihr Selbst war meinem noch erdblöden Auge nicht sichtbar, wohl aber der Schatten, den sie werfen mußte. Infernalische Optik! … Und ach, sie war … Ja, wie war sie denn? Ich sah den Schatten Astartes oder Kalypsos oder Nell Gwynns. Einen Schatten, der eigentlich auch Licht war und in allen Reflexmöglichkeiten irisierte. »Miß Nell«, begann ich, so versuchsweise. – »Ich heiße nicht Nell«, sagte sie, »ich heiße einstweilen Ophel.« – »Einstweilen?« – »Ja. Ich bin noch nicht mehr als ein Ophel. Vor 5000 Jahren hieß ich überhaupt bloß L. Vor 4000 Jahren schon El. Vor 3000 Hel. Vor 2000 Phel. Und heute Ophel … Sie verstehen nicht? … L. die Liebe. El (semitisch) das Erlauchte. Hel die nordische Göttin. Phel, *fel,* die Galle, die Trägerin des Zornes. Ophel … das büßende Opfer, Shakespeares Ophelia …« – »Und wie werden Sie dann heißen?« inquirierte ich sehr angeregt. – »Das weiß ich noch nicht. Das entscheiden höhere Mächte, ich möchte sagen: namengebendere, benamsendere Gewalten. Die werden meinen höllischen Namen vervollständigen … Auf Achitophel oder Rhachitophel oder Mephistophel … vielleicht auch nur auf Kartophel.« Sie verbiß das Lachen. Sie machte sich offenbar über mich lustig und log mich immer bunter an. Und merkwürdig, das Lachen durch seine Vibration, machte sie immer deutlicher, erkennbarer. Und plötzlich ging mir ein Licht auf. Sie war es ja, die ich suchte; meine Joconde, von anno dazumal, aus den schönen Pariser Jugendjahren, wo wir beide uns die Hölle verdient haben … Jetzt Teufelin Dolores … Und ich, ich hatte noch gar keinen infernalischen Namen.

Doch ich werde unwillkürlich novellistisch. Ich, ein Naturwissenschaftler! Es ist Zeit, daß ich schließe. *Mille amitiés* von Ihrem alten

Jules Verne

Nachschrift: Komme eben aus dem Kabinett Sr. Diabolität. Wurde in sieben mal sieben Teile zerschnitten hineingetragen, die aber merkwürdig gut zusammenpaßten. War natürlich sehr neugierig auf den berühmten Luzifer. Bin enttäuscht. Das Ganze hat einen etwas mumpizistischen Anstrich. Er ist stark gealtert, an vielen Stellen seines Körpers schon kahl, und die Hörner sind stark abgestoßen. Trägt blaue Brillen, weil er nicht mehr ins Feuer sehen kann. Machte mich damit nervös, daß er die Zunge immer abwechselnd zum rechten und zum linken Ohre herausstreckte. Seine Anatomie gestattet ihm das. Von Zeit zu Zeit rieb er sich den Magen und grunzte: »Es weiß es!« Während ich ihm meinen Vortrag hielt, lief er unausgesetzt im Gemach herum und gebrauchte den Schwanz als Fliegenklatsche. Massenhaft Fliegen. Machte ihm Vorschläge, den Höllenbetrieb auf das Niveau der modernen Wissenschaft zu heben. Nicht einmal ein Kataster vorhanden. Schlug ihm unter anderem vor, Radiumheizung einzuführen; ewig dauerndes Heizmaterial, große Ersparnis. Wie primitiv, Millionen Seelen auf Rechauds stehen zu haben (nicht einmal Thermophore gibt es noch) und sie nach jeweiliger Verwendung wieder »warm zu stellen«. Er gähnte. Hat von neuerer Physik keine Ahnung. Hielt eine Selenzelle für ein Seelenverlies. Glaubte Polonium aus polnischen Seelen herstellen zu können. Und klatschte dabei immer Fliegen tot. Eine saß just auf meiner Nase. Patsch! hatte ich die schwere Quaste seines Wedels mitten im Gesicht, mit einem Nachdruck, daß ich in Ohnmacht fiel … Wurde zur Hoftafel geladen, berührte aber fast nichts. Erstens wird alles heißer gegessen, als es gekocht wird. Und dann bin ich an Speisen wie Seelenpüree, weiße Tyrannenleber und grillierte Vatermörder noch nicht gewöhnt. Eine Speise sah aus wie überzuckerte Hühneraugenringe, scheint aber etwas Messalineskes gewesen zu sein. Ich aß bloß etwas *chaudfroid à la financière,* erfuhr aber hinterher, daß es *financier à la chaudfroid* gewesen war. Ich entschuldigte mich später bei dem Herrn, von dem ich gegessen.

Nach Tisch mit Mynheer Van Swinden Ausflug zum Mittelpunkt der Hölle. Ungeheurer kugelförmiger Hohlraum, von Flammen in allen Farben durchlodert. Teils Kalospinthe, teils Chromokrene. Ganze Fackelzüge von flackernden Blitzen. Russische Irrwische spielten Fußball mit Nitroglyzerinbomben. Van Swinden zeigte mir triumphierend, wie die armen Seelen vor Pein die Wände hinaufliefen, millionen- und milliardenweise, und von oben wieder ins Feuer herabfielen. Diese unaufhörlich hinantrappelnde Woge erschüttert die ganze Erdwand so, daß der große Ball sich dreht. Dies die Ursache der Achsendrehung der Erde. Er hatte das schon geschrieben, als er noch auf Erden weilte. Großer Durchschauer der Erdrinde. Höllenerrater und Achsendreher. Nochmals adieu.

J.V.

VI. Dunkle Liebesnacht.

Gespenstische Bräute

Johann Wolfgang von Goethe

Laß das nur stehn! dabei wirds niemand wohl.
Es ist ein Zauberbild, ist leblos, ein Idol.
Ihm zu begegnen ist nicht gut:
Vom starren Blick erstarrt des Menschen Blut.

Charles Baudelaire

Die Verwandlungen des Vampirs

Das Weib indessen mit dem erdbeerfarbnen Munde,
Sich windend schlangengleich auf glühend heißem Grunde,
Die festen Brüste in das Mieder eingeschnürt,
Es sprach ein Wort aus, das wie Moschushauch verführt:
– »Auf meinen Lippen liegt ein Schmelz, mir wurden Gaben,
Die das Gewissen im Alkoven tief begraben.
Die Tränen trocknen schnell an meiner stolzen Brust,
Die Greise lachen wie die Kinder voller Lust.
Wer hüllenlos und nackt mich sieht, verzichtet gerne
Auf Mond und Sonne und den Himmel und die Sterne!
Ich bin, mein weiser Freund, in meiner Kunst geschickt,
Wenn fürchterlich mein Arm den schwachen Mann umstrickt,
Und seinem wilden Biß blüht meine Brust entgegen,
So schwach und stark zugleich, so schüchtern und verwegen,
Selbst Engel gäben auf dem Bett sich wild und heiß,
Die doch geschlechtslos sind, für mich der Hölle preis!«

Als aus den Gliedern sie mir alles Mark gesogen,
Und als ich stöhnend mich auf sie hinabgebogen
Zum langen Liebeskuß, da sah ich sie nicht mehr:
Ein Schlauch lag neben mir, von Schleim und Eiter schwer!
Ich schloß die Augen schnell in fröstelndem Erbeben,
Um sie am Morgen neu zu ihr emporzuheben,
Doch mir zur Seite an des Ungeheuers Statt,
Das ganz, so glaubte ich, von meinem Blute satt,
Da war ein klapperndes Skelett allein zu sehen,
Abscheulich rasselnd wie der Wetterfahne Drehen,
Und wie ein Aushängschild, am Eisen festgemacht,
Das klappernd sich bewegt im Sturm der Winternacht.

Hermann Löns

Der Vampir

In die weitgeöffneten Fenster meiner altertümlichen Stube drängt sich die warme, feuchte, von Flieder- und Jasminduft versüßte Mainachtluft und ringt in dem breiten Fensterrahmen mit blauen Tabakswolken. Aus dem Weidengebüsche des Goldfischteiches ertönt das lebhafte, wechselreiche Lied des Sumpfrohrsängers und verschlingt sich mit den Jubelgesängen fern schlagender Nachtigallen zu wundersamen Ton-Arabesken. Ab und zu saust ein großer mattgefärbter Abendfalter in das Zimmer, peitscht die Lampenglocke mit den starken Schwingen und huscht wieder hinaus. Die Riesenplatanen im Garten rauschen schläfrig.

Ich lese ein medizinisches Werk, trocken, schmucklos, in kurzen Sätzen geschrieben; ich bin so nüchtern gestimmt und verfolge die trockenen Sätze so genau und ruhig, als ob es Rechnungen wären. Die Phantasie habe ich zu Bette geschickt.

Draußen auf der alten Steintreppe neben dem blühenden Fliederstrauche steht jemand; ein bleiches Gesicht schaut zum Fenster hinein und sieht mich an. Ich blicke nicht hin, aber ich weiß, daß es da ist. Nerventäuschung! Ich habe zu anstrengend gearbeitet in der letzten Zeit.

Das weiße Gesicht tritt mir näher. Jetzt schaut es über meine rechte Schulter in das Buch. Ich drehe den Kopf – natürlich! Nur eine Sinnestäuschung: eine ferne Gaslampe beleuchtet das Spiegelbild einer Fliedertraube in dem zurückgeklappten Fenster. An meiner Schlafzimmertüre, bleich, strenge, bittend, ohne Mienenbewegung steht wieder das schattenhafte Gesicht. Es kommt langsam näher. Jetzt schwebt es zwischen mir und der Lampe. Ich blicke auf – selbstverständlich, nur der Stundenplan, der dort aufgehängt ist.

Meine Sehnerven sind durch allzu anhaltendes Mikroskopieren überreizt ...

Ein halbverwischtes, kreideweißes, starres Gesicht schaut über meine linke Schulter in das Buch. Es ist freilich nur der helle Schimmer des gebleichten Skeletts. Aber mir wird nach und nach der Kopf warm. Wenn ich nicht morgen in das Examen müßte, dann ginge ich sofort zu Bett. Also weiter im Text.

Das weiße Gesicht mit den geisterhaft undeutlichen Zügen taucht aus dem Eichenfußboden auf und schwimmt ohne eine Bewegung näher an mich heran.

Es ist bereits dicht neben meinem Kopfe. Ein kurzer Blick belehrt mich, daß es nur ein zu Boden geflattertes Papier ist. Jetzt heißt es, die Gedanken zusammenzupferchen, denn ich werde immer zerstreuter. Wort für Wort durchmustere ich das Buch.

Zwei klare, helle, ruhig schimmernde Augen erscheinen unter meinem Präpariertische, bohren sich wie mit Enterhaken in mein Gesicht und reißen meine Blicke von dem Buche fort. Wie albern! Zwei Glasschalen werfen den Mondschein zurück. Ich blättere langsam weiter.

Ich schrecke zusammen. Auf dem Rücken empfand ich ein Gefühl, als ob eine kühle, weiche Fingerspitze mir schnell vom Rücken bis zum Kreuz geglitten wäre. Ich fasse nach dem Kreuz – lächerlich! Das Durchsteckknöpfchen hat sich vom Kragen gelöst. Ein weicher, vorsichtiger, kühler Druck eines vollen Armes umschlingt meinen Hals. Nervös sehe ich mich um: Nichts. Ich fasse nach meinem Nacken: das Schlipsband ist in die Höhe gerutscht und hat mich gekitzelt.

Jetzt bin ich am Schlußkapitel. Aufatmend klappe ich das Buch zu. Doch nun will ich etwas Antipyrin einnehmen, sonst erscheint mir am Ende meine eigene Nase noch als Gespenst. Es ist auch Zeit zum Schlafengehen, die Lampe gibt mir das deutlich durch ihr immer unwilligeres Brennen zu verstehen.

Gähnend erhebe ich mich vom Sessel und öffne die Schlafzimmertüre, welche warnend quietscht. –

Am Kopfende meines Bettes steht bleich, nebelig, ätherisch der Schatten eines Schattens. Ein weißes, schönes, unerkennbares Gesicht mit verschwimmend zarten Zügen, Lippen blaßrosa wie Anemonenblüte. Zarte, perlblaue Augen, wie aus Schlehenduft, mit schwachem, ruhigem, leise flimmerndem Blick, wie ein weit entferntes Licht in der Nebelnacht.

Verschwinde, Nervenspuk, ich danke für deine Gesellschaft!

Ärgerlich gehe ich in mein Arbeitszimmer zurück und zünde mir eine neue Zigarre an. Ich will die Nerven erst etwas einschläfern, ehe ich mich hinlege. Die Lampe zappelt in den letzten Zügen; ich gebe ihr den Gnadenstoß. Der Docht glüht noch einige Minuten nach, rotfunkelnd wie ein Uhu-Auge. Tagheller Mondschein stürzt hastig in das Zimmer. Leise winkend, bittend, lockend steht in dem Rahmen der Schlafzimmertür die neblige, dunstige, unklare Erscheinung. Ich bin dieses Nervengaukelspiel herzlich leid; doch was ist da zu machen? Schlafen kann ich doch noch nicht.

Langsam schwebt die zarte Luftgestalt zu mir hin. Das bleiche Schattengesicht weht leise auf mich zu. Blaßrote Lippen flattern den meinigen entgegen. Schwachleuchtende Blicke schmelzen in meine Augen. Nebelhafte Arme schwimmen leise nach meinem Halse. Ein durchscheinender Leib wogt mir verlangend entgegen. Die Busenschatten schwellen und schwinden wie Rauchwölkchen.

Bin ich denn ganz verrückt? Setz dich ins Sofa, Nervengespenst, und laß uns vernünftig reden. Dürfte ich mich ergebenst nach dem Zwecke Ihres Hierseins erkundigen?

Sie schweift; stummer, schmerzlicher Vorwurf zittert auf ihren Lippen.

Was willst du von mir?

»Hab mich lieb!«

So schmeichelhaft mir Ihr zartes Entgegenkommen auch ist, meine Gnädigste, so bin ich heute nicht mehr dazu aufgelegt. Guten Morgen!

Sie rührt sich nicht.

Sie zeigt keine Bewegung und scheint für Ironie völlig unempfänglich zu sein. – »Und was übrigens Ihre Existenzberechtigung anbetrifft, verehrtes Wesen aus einer mir als Mediziner furchtbar gleichgültigen Welt, so spreche ich Ihnen dieselbe gänzlich ab. – Sie bestehen tatsächlich nur aus amorphen Wölkchen von Tabaksqualm mit einer geringen Dosis von Mondschein; um dieses dürftige Machwerk haben meine krankhaft überreizten Nerven einen subjektiven Rahmen gezimmert und die Phantasie ist der wackelige Nagel, an dem der ganze Zauber in der Luft hängt.«

Sie rührt sich nicht; selbst dieser schneidende Sarkasmus läßt sie kalt.

Also, Fräulein, da Sie nur aus Qualm, Mondschein, Nerventäuschung und Gehirnüberreizung zusammengesetzt sind, so sind Sie

1. überhaupt nicht vorhanden, haben also

2. nicht das Recht, den geringsten Einfluß auf mich auszuüben, und

3. nicht einmal die Macht dazu und würden

4. gut tun, Ihr erheucheltes Schein-Sein aufzugeben. Sie tun das natürlich nicht, weil Sie keine Spur von Logik haben. Gespenster sind stets dumm.

Selbst Grobheit prallt von der bleichen, ruhigen Gestalt ab.

Wenn Sie nicht bald verduften, dann gehe ich ins Wirtshaus.

»Ich kann ja nicht.«

Wer hindert Sie denn daran?

»Du.«

Das ist sehr gut. Nachdem ich Bände voll von Ironie, Hohn, Sarkasmus, Logik und Grobheit vergeudet habe, um Sie hinauszugraulen, sprechen Sie ein solches Wort. Wodurch halte ich Sie denn?

»Du denkst an mich!«

Dies ist noch schöner. Ich weiß nicht, wer Sie sind und soll an Sie denken! Wer sind Sie denn?

Sie tritt ganz nahe an mich heran. Ich erkenne sie. Ich stütze die Stirn in die Hand und denke an die Tote:

Sie war schön, aber unscheinbar; einen Liebsten hatte sie nie gehabt; ihre Eltern waren sehr fromme, sehr strenge, sehr reiche Kaufleute; so wurde sie dreiundzwanzig Jahre alt. Ich lernte sie auf einem Balle kennen. Da ich fürchtete, mich in sie zu verlieben und dieses abgeschworen hatte, vermied ich es, ihr zu begegnen. Eines Abends ging sie vor mir her nach Hause zu. Sie erblickte mich und ich grüßte. Fast hätte ich sie angesprochen, so reizend sah sie aus. Sie errötete – ich sah ihre Wangenblumen nicht; ihre Augen leuchteten – mich erwärmten die Strahlen nicht; sie lächelte demütig-süß – der trotzige Wille, allein zu sein, goß roh die aufglimmende Glut in meinem Herzen aus, und kalt ging ich vorbei. Leise und müde hörte ich ihre Schritte hinter mir verhallen. Vier Tage später erzählte mir ein Bekannter, daß sie sich ertränkt habe. Ich ging sofort nach Hause, zog die langen Stiefel an, nahm die kurze Pfeife und den dicken Eichenknüppel und strolchte planlos durch die Heide – mein altes Mittel gegen Gemütsbewegungen. Aber ob im Kiefernwalde oder auf dem gelben Sande, auf brauner Heide oder schwarzem Moor – ich sah immer das bleiche Gesichtchen, den nie geküßten Mund und die traurigen Augen vor mir, hinter mir, neben mir. Ich sah ihre Tränen in schlaflosen Nächten und das bittere Zucken des kleinen Mundes, als sie in den schlammigen Stadtgraben sprang. Ich sah sie vor mir an jenem Abend, ich sprach sie an, ihre Augen strahlten; ich nahm ihre Hand, zitternd schmiegte sie sich an mich; ich küßte sie, ihre Wangen färbte das Morgenrot ungehofften Glückes. Sie blieb mir treu; ich sah ihr

Bild im Laube der Bäume, im Wasser der Teiche, in den Fenstern der Häuser, auf den Blättern der Bücher, in der Linse des Mikroskops; hundert kleine Züge ihres Wesens tauchten vor mir auf, die mir alle zugeschrien hatten: »Ich liebe dich! Liebe mich auch! Liebkose mich mit deinen Augen! Berausche mich mit deiner Stimme. Streichle leise mein Haar! Lege deinen Arm um mich! Sag' mir, du liebst mich! Küsse meine Augen, meinen Mund, meine Stirn! Nimm mich hin!«

War ich denn blind?

Endlich nach langen Kämpfen verbannte ich durch angestrengtes Arbeiten das bleiche Bild aus meinen Gedanken. Einen Monat hindurch hatte ich Ruhe vor ihr. Und jetzt ist sie wieder da.

»Du dauerst mich, ruhelose Tote! Sprich, liebes Kind, was willst du? Ich helfe dir gern, wenn ich es vermag!«

Die blassen, traurigen Mienen hellen sich auf; ein Zug unsäglich weicher Hingebung durchflimmert das arme, tote Gesichtchen.

»Hab mich lieb!«

Aber Kind, wie kann ich das; ich lebe und du bist tot.

»Du mußt!«

So? Warum muß ich?

»Du träumst von mir!«

Sie bittet und fleht nicht; ihrer Sache anscheinend ganz sicher, steht sie ruhig, still und unbewegt vor mir.

Mädchen, warum hast du es mir, dem Argwöhnischen und Vielmißhandelten, nicht deutlicher zu verstehen gegeben, daß du mich so sehr lieb gehabt hast?

»Ich bin ein Weib.« –

Langsam, zögernd, unschlüssig entkleide ich mich; matt strecke ich mich in die Kissen; eine warme Hand drückt mir die Augen zu; verworrene Gedanken reichen sich mit bunten Träumen die Hände; bald werde ich schlafen.

Da! Ein eiskalter, bleischwerer Faustschlag auf mein Herz.

Der Atem stockt mir, laut und scharf hämmern die schmerzlichen Herztöne. In Todesangst, mit weit aufgerissenen Augen und naßkalter Stirne fahre ich in die Höhe. Ich sehe nichts. Zitternd zünde ich das Licht an.

Am ganzen Körper fliegend, daß die Flaschen in meinen Händen klirren, zähle ich zwanzig Tropfen Digitalistinktur in das Wasserglas, jeden Augenblick Erstickung oder einen Schlaganfall erwartend. Ich trinke die abscheulich schmeckende Mischung hinunter und werde allmählich ruhiger. Bleischwere Müdigkeit stößt meinen Kopf in die Kissen zurück. Schläfrige Gedanken kokettieren mit halberwachten Träumen. Bald schlafe ich.

Da wieder die eiskalte Bleifaust auf meiner Brust, würgendes Herzklopfen, wilder Funkenwirbel vor den Augen, beklemmende Atemnot in den Lungenflügeln. Noch einmal Todesangst, noch einmal Digitalis, noch einmal Müdigkeit und so weiter.

Es ist eine rabenschwarze und tobende Oktobernacht. Brüllend und heulend gießt der rasende Nordwind das Wasser eimerweise an die ächzenden Fensterscheiben und haut zwischen die Dachpfannen, daß sie klirrend und klingelnd und klappernd in den Kot klatschen.

Jetzt ist sie schon fünf Monate tot. O ich bin müde, todmüde und krank. Mein Rücken ist wie gebrochen, die Augen brennen, die Füße sind eiskalt, die Schläfen hämmern und ein dumpfes Druckgefühl lastet um Kehle und Hinterkopf. Ja, sie ist mir treu, treu, treu bis zu meinem Tode. Im grünen Mai kam sie zum ersten Male zu mir. Unter Herzklopfen war ich eingeschlafen. Da schwebte sie herein zu mir, schob ihren Arm unter meinen Hals und küßte mich erst ganz leise, keusch, schüchtern und zaghaft, dann bittender, dringlicher, heißer. Es war ein schaurig süßer, unheimlichwonniger Liebestraum.

Ich erwachte mit bleiernen Gliedern und aschgrauem Gesichte. Und sie kam immer wieder, Nacht für Nacht. Da half kein Abwehren, kein Sprödetun. Sie bleibt mir treu, treu bis zu meinem Tode.

Sie steht an der Kammertür und lächelt.

»Hab mich lieb!«

Mädchen, du tötest mich!

»Dann sind wir immer beieinander.«

Und sie lächelt so süß und winkt so zärtlich. Heute kam sie, morgen ist sie hier und übermorgen wird sie kommen; sie ist mir treu, treu bis zu meinem Tode.

Sie steht an der Kammertür und lächelt.

Und kommst du morgen und übermorgen und immer wieder, dann kann ich dir nicht mehr widerstehen.

Ich gehe dann für immer mit dir.

Johann Wolfgang von Goethe

Die Geschichte des Marschalls von Bassompierre

So tief es auch schon in der Nacht war, fühlte niemand eine Neigung, zu Bette zu gehen, und Karl erbot sich gleichfalls eine Geschichte zu erzählen, die nicht minder interessant sei, ob sie sich gleich vielleicht eher erklären und begreifen lasse als die vorigen.

»Der Marschall von Bassompierre«, sagte er, »erzählt sie in seinen Memoiren; es sei mir erlaubt, in seinem Namen zu reden.

Seit fünf oder sechs Monaten hatte ich bemerkt, sooft ich über die kleine Brücke ging – denn zu der Zeit war der Pont Neuf noch nicht erbauet –, daß eine schöne Krämerin, deren Laden an einem Schilde mit zwei Engeln kenntlich war, sich tief und wiederholt vor mir neigte und mir so weit nachsah, als sie nur konnte. Ihr Betragen fiel mir auf, ich sah sie gleichfalls an und dankte ihr sorgfältig. Einst ritt ich von Fontainebleau nach Paris, und als ich wieder die kleine Brücke herauf kam, trat sie an ihre Ladentüre und sagte zu mir, indem ich vorbeiritt: ›Mein Herr, Ihre Dienerin!‹ Ich erwiderte ihren Gruß, und indem ich mich von Zeit zu Zeit umsah, hatte sie sich weiter vorgelehnt, um mir so weit als möglich nachzusehen.

Ein Bedienter nebst einem Postillon folgten mir, die ich noch diesen Abend mit Briefen an einige Damen nach Fontainebleau zurückschicken wollte. Auf meinen Befehl stieg der Bediente ab und ging zu der jungen Frau, ihr in meinem Namen zu sagen, daß ich ihre Neigung, mich zu sehen und zu grüßen, bemerkt hätte; ich wollte, wenn sie wünschte mich näher kennenzulernen, sie aufsuchen, wo sie verlangte.

Sie antwortete dem Bedienten: er hätte ihr keine bessere

Neuigkeit bringen können, sie wollte kommen, wohin ich sie bestellte, nur mit der Bedingung, daß sie eine Nacht mit mir unter einer Decke zubringen dürfte.

Ich nahm den Vorschlag an und fragte den Bedienten, ob er nicht etwa einen Ort kenne, wo wir zusammenkommen könnten? Er antwortete, daß er sie zu einer gewissen Kupplerin führen wollte; rate mir aber, weil die Pest sich hier und da zeige, Matratzen, Decken und Leintücher aus meinem Hause hinbringen zu lassen. Ich nahm den Vorschlag an, und er versprach mir ein gutes Bett zu bereiten.

Des Abends ging ich hin und fand eine sehr schöne Frau von ungefähr zwanzig Jahren, mit einer zierlichen Nachtmütze, einem sehr feinen Hemde, einem kurzen Unterrocke von grünwollenem Zeuge. Sie hatte Pantoffeln an den Füßen und eine Art von Pudermantel übergeworfen. Sie gefiel mir außerordentlich, und da ich mir einige Freiheiten herausnehmen wollte, lehnte sie meine Liebkosungen mit sehr guter Art ab und verlangte mit mir zwischen zwei Leintüchern zu sein. Ich erfüllte ihr Begehren und kann sagen, daß ich niemals ein zierlicheres Weib gekannt habe noch von irgend einer mehr Vergnügen genossen hätte. Den andern Morgen fragte ich sie: ob ich sie nicht noch einmal sehen könnte, ich verreise erst Sonntag; und wir hatten die Nacht vom Donnerstag auf den Freitag miteinander zugebracht.

Sie antwortete mir: daß sie es gewiß lebhafter wünsche als ich; wenn ich aber nicht den ganzen Sonntag bliebe, sei es ihr unmöglich; denn nur in der Nacht vom Sonntag auf den Montag könne sie mich wiedersehen. Als ich einige Schwierigkeiten machte, sagte sie: ›Ihr seid wohl meiner in diesem Augenblicke schon überdrüssig und wollt nun sonntags verreisen; aber Ihr werdet bald wieder an mich denken und gewiß noch einen Tag zugeben, um eine Nacht mit mir zuzubringen.‹

Ich war leicht zu überreden, versprach ihr den Sonntag zu bleiben und die Nacht auf den Montag mich wieder an dem nämlichen Orte einzufinden. Darauf antwortete sie mir: ›Ich weiß recht gut, mein Herr, daß ich in ein schändliches Haus um Ihrentwillen gekommen bin; aber ich habe es freiwillig getan, und ich hatte ein so unüberwindliches Verlangen, mit Ihnen zu sein, daß ich jede Bedingung eingegangen wäre. Aus Leidenschaft bin ich an diesen abscheulichen Ort gekommen, aber ich würde mich für eine feile Dirne halten, wenn ich zum zweiten Mal dahin zurückkehren könnte. Möge ich eines elenden Todes sterben, wenn ich außer meinem Mann und Euch irgend jemand zu Willen gewesen bin und nach irgend einem andern verlange! Aber was täte man nicht für eine Person, die man liebt, und für einen Bassompierre? Um seinetwillen bin ich in das Haus gekommen, um eines Mannes willen, der durch seine Gegenwart diesen Ort ehrbar gemacht hat. Wollt Ihr mich noch einmal sehen, so will ich Euch bei meiner Tante einlassen.‹

Sie beschrieb mir das Haus aufs genaueste und fuhr fort: ›Ich will Euch von zehn Uhr bis Mitternacht erwarten, ja noch später, die Türe soll offen sein. Erst findet Ihr einen kleinen Gang, in dem haltet Euch nicht auf, denn die Türe meiner Tante geht da heraus. Dann stößt Euch eine Treppe sogleich entgegen, die Euch ins erste Geschoß führt, wo ich Euch mit offnen Armen empfangen werde.‹

Ich machte meine Einrichtung, ließ meine Leute und meine Sachen vorausgehen und erwartete mit Ungeduld die Sonntagsnacht, in der ich das schöne Weibchen wiedersehen sollte. Um zehn Uhr war ich schon am bestimmten Orte. Ich fand die Türe, die sie mir bezeichnet hatte, sogleich, aber verschlossen und im ganzen Hause Licht, das sogar von Zeit zu Zeit wie eine Flamme aufzulodern schien. Ungeduldig fing ich an zu klopfen, um meine Ankunft zu melden; aber ich hörte eine Mannsstimme, die mich fragte, wer draußen sei.

Ich ging zurück und einige Straßen auf und ab. Endlich zog mich das Verlangen wieder nach der Türe. Ich fand sie offen und eilte durch den Gang die Treppe hinauf. Aber wie erstaunt war ich, als ich in dem Zimmer ein paar Leute fand, welche Bettstroh verbrannten, und bei der Flamme, die das ganze Zimmer erleuchtete, zwei nackte Körper auf dem Tische ausgestreckt sah. Ich zog mich eilig zurück und stieß im Hinausgehen auf ein paar Totengräber, die mich fragten, was ich suchte. Ich zog den Degen, um sie mir vom Leibe zu halten, und kam nicht unbewegt von diesem seltsamen Anblick nach Hause. Ich trank sogleich drei bis vier Gläser Wein, ein Mittel gegen die pestilenzialischen Einflüsse, das man in Deutschland sehr bewährt hält, und trat, nachdem ich ausgeruhet, den andern Tag meine Reise nach Lothringen an.

Alle Mühe, die ich mir nach meiner Rückkunft gegeben, irgend etwas von dieser Frau zu erfahren, war vergeblich. Ich ging sogar nach dem Laden der zwei Engel; allein die Mietleute wußten nicht, wer vor ihnen darin gesessen hatte.

Aus: Unterhaltungen deutscher Ausgewanderten

Johann Wolfgang von Goethe

Die Braut von Korinth

Nach Korinthus von Athen gezogen
Kam ein Jüngling, dort noch unbekannt.
Einen Bürger hofft' er sich gewogen;
Beide Väter waren gastverwandt,
Hatten frühe schon
Töchterchen und Sohn
Braut und Bräutigam voraus genannt.

Aber wird er auch willkommen scheinen
Wenn er teuer nicht die Gunst erkauft?
Er ist noch ein Heide mit den Seinen,
Und sie sind schon Christen und getauft.
Keimt ein Glaube neu,
Wird oft Lieb und Treu
Wie ein böses Unkraut ausgerauft.

Und schon lag das ganze Haus im stillen,
Vater, Töchter, nur die Mutter wacht;
Sie empfängt den Gast mit bestem Willen,
Gleich ins Prunkgemach wird er gebracht.
Wein und Essen prangt,
Eh er es verlangt:
So versorgend wünscht sie gute Nacht.

Aber bei dem wohlbestellten Essen
Wird die Lust der Speise nicht erregt;
Müdigkeit läßt Speis und Trank vergessen,
Daß er angekleidet sich aufs Bette legt;
Und er schlummert fast,
Als ein seltner Gast
Sich zur offnen Tür herein bewegt.

Denn er sieht, bei seiner Lampe Schimmer
Tritt, mit weißem Schleier und Gewand,
Sittsam still ein Mädchen in das Zimmer,
Um die Stirn ein schwarz- und goldnes Band.
Wie sie ihn erblickt,
Hebt sie, die erschrickt,
Mit Erstaunen eine weiße Hand.

»Bin ich«, rief sie aus, »so fremd im Hause,
Daß ich von dem Gaste nichts vernahm?
Ach, so hält man mich in meiner Klause!
Und nun überfällt mich hier die Scham.
Ruhe nur so fort
Auf dem Lager dort,
Und ich gehe schnell, so wie ich kam.«

»Bleibe, schönes Mädchen!« ruft der Knabe,
Rafft von seinem Lager sich geschwind:
»Hier ist Ceres', hier ist Bacchus' Gabe,
Und du bringst den Amor, liebes Kind!
Bist vor Schrecken blaß!
Liebe, komm und laß,
Laß uns sehn, wie froh die Götter sind.«

»Ferne bleib, o Jüngling! bleibe stehen;
Ich gehöre nicht den Freuden an.
Schon der letzte Schritt ist, ach! geschehen
Durch der guten Mutter kranken Wahn,
Die genesend schwur:
Jugend und Natur
Sei dem Himmel künftig untertan.

Und der alten Götter bunt Gewimmel
Hat sogleich das stille Haus geleert.
Unsichtbar wird Einer nur im Himmel,
Und ein Heiland wird am Kreuz verehrt;
Opfer fallen hier,
Weder Lamm noch Stier,
Aber Menschenopfer unerhört.«

Und er fragt und wäget alle Worte,
Deren keines seinem Geist entgeht.
Ist es möglich, daß am stillen Orte
Die geliebte Braut hier vor mir steht?
»Sei die Meine nur!
Unsrer Väter Schwur
Hat vom Himmel Segen uns erfleht.«

»Mich erhältst du nicht, du gute Seele!
Meiner zweiten Schwester gönnt man dich.
Wenn ich mich in stiller Klause quäle,
Ach! in ihren Armen denk an mich,
Die an dich nur denkt,
Die sich liebend kränkt;
In die Erde bald verbirgt sie sich.«

»Nein! bei dieser Flamme sei's geschworen,
Gütig zeigt sie Hymen uns voraus;
Bist der Freude nicht und mir verloren,
Kommst mit mir in meines Vaters Haus.
Liebchen, bleibe hier!
Feire gleich mit mir
Unerwartet unsern Hochzeitschmaus.«

Und schon wechseln sie der Treue Zeichen;
Golden reicht sie ihm die Kette dar,
Und er will ihr eine Schale reichen,
Silbern, künstlich, wie nicht eine war.
»Die ist nicht für mich;
Doch, ich bitte dich,
Eine Locke gib von deinem Haar.«

Eben schlug die dumpfe Geisterstunde,
Und nun schien es ihr erst wohl zu sein.
Gierig schlürfte sie mit blassem Munde
Nun den dunkel blutgefärbten Wein;
Doch vom Weizenbrot,
Das er freundlich bot,
Nahm sie nicht den kleinsten Bissen ein.

Und dem Jüngling reichte sie die Schale,
Der, wie sie, nun hastig lüstern trank.
Liebe fordert er beim stillen Mahle;
Ach, sein armes Herz war liebekrank.
Doch sie widersteht,
Wie er immer fleht,
Bis er weinend auf das Bette sank.

Und sie kommt und wirft sich zu ihm nieder:
»Ach, wie ungern seh ich dich gequält!
Aber, ach! berührst du meine Glieder,
Fühlst du schaudernd, was ich dir verhehlt.
Wie der Schnee so weiß,
Aber kalt wie Eis
Ist das Liebchen, das du dir erwählt.«

Heftig faßt er sie mit starken Armen,
Von der Liebe Jugendkraft durchmannt:
„Hoffe doch, bei mir noch zu erwarmen,
Wärst du selbst mir aus dem Grab gesandt!
Wechselhauch und Kuß!
Liebesüberfluß!
Brennst du nicht und fühlest mich entbrannt?«

Liebe schließet fester sie zusammen,
Tränen mischen sich in ihre Lust;
Gierig saugt sie seines Mundes Flammen,
Eins ist nur im andern sich bewußt.
Seine Liebeswut
Wärmt ihr starres Blut,
Doch es schlägt kein Herz in ihrer Brust.

Unterdessen schleichet auf dem Gange
Häuslich spät die Mutter noch vorbei,
Horchet an der Tür und horchet lange,
Welch ein sonderbarer Ton es sei:
Klag- und Wonnelaut
Bräutigams und Braut
Und des Liebestammelns Raserei.

Unbeweglich bleibt sie an der Türe,
Weil sie erst sich überzeugen muß,
Und sie hört die höchsten Liebesschwüre,
Lieb- und Schmeichelworte, mit Verdruß –
»Still! der Hahn erwacht!« –
»Aber morgen nacht
Bist du wieder da?« – und Kuß auf Kuß.

Länger hält die Mutter nicht das Zürnen,
Öffnet das bekannte Schloß geschwind: –
»Gibt es hier im Hause solche Dirnen,
Die dem Fremden gleich zu Willen sind?« –
So zur Tür hinein.
Bei der Lampe Schein
Sieht sie – Gott! sie sieht ihr eigen Kind.

Und der Jüngling will im ersten Schrecken
Mit des Mädchens eignem Schleierflor,
Mit dem Teppich die Geliebte decken;
Doch sie windet gleich sich selbst hervor.
Wie mit Geists Gewalt
Hebet die Gestalt
Lang und langsam sich im Bett empor.

»Mutter! Mutter!« spricht sie hohle Worte,
»So mißgönnt Ihr mir die schöne Nacht!
Ihr vertreibt mich von dem warmen Orte.
Bin ich zur Verzweiflung nur erwacht?
Ist's Euch nicht genug,
Daß ins Leichentuch,
Daß Ihr früh mich in das Grab gebracht?

Aber aus der schwerbedeckten Enge
Treibet mich ein eigenes Gericht.
Eurer Priester summende Gesänge
Und ihr Segen haben kein Gewicht;
Salz und Wasser kühlt
Nicht, wo Jugend fühlt;
Ach! die Erde kühlt die Liebe nicht.

Dieser Jüngling war mir erst versprochen,
Als noch Venus' heitrer Tempel stand.
Mutter, habt Ihr doch das Wort gebrochen,
Weil ein fremd, ein falsch Gelübd Euch band!
Doch kein Gott erhört,
Wenn die Mutter schwört,
Zu versagen ihrer Tochter Hand.

Aus dem Grabe werd ich ausgetrieben,
Noch zu suchen das vermißte Gut,
Noch den schon verlornen Mann zu lieben
Und zu saugen seines Herzens Blut.
Ist's um den geschehn,
Muß nach andern gehn,
Und das junge Volk erliegt der Wut.

Schöner Jüngling! kannst nicht länger leben;
Du versiechest nun an diesem Ort.
Meine Kette hab ich dir gegeben;
Deine Locke nehm ich mit mir fort.
Sieh sie an genau!
Morgen bist du grau,
Und nur braun erscheinst du wieder dort.

Höre, Mutter, nun die letzte Bitte:
Einen Scheiterhaufen schichte du;
Öffne meine bange kleine Hütte,
Bring in Flammen Liebende zur Ruh!
Wenn der Funke sprüht,
Wenn die Asche glüht,
Eilen wir den alten Göttern zu.«

Quellennachweis

Mit * versehene Titel stammen von der Herausgeberin.

Johann Wolfgang von Goethe: Salamander soll glühen (und weitere Auszüge aus Faust I und II), Die erste Walpurgisnacht, Die Geschichte des Marschalls von Bassompierre* (aus: Unterhaltungen deutscher Ausgewanderten), Die Braut von Korinth
Johann Wolfgang von Goethe, Werke, Bd I, II, III, Artemis & Winkler Verlag, München 1992

Ray Bradbury: Halloween
Ray Bradbury, Halloween, Diogenes Verlag AG, Zürich 1994

Andreas Eschbach: Halloween
Halloween, Verlagsgruppe Lübbe GmbH & Co. KG, Bergisch Gladbach 2000, © A. Eschbach

Sabine Prilop: Die Ursprünge von Halloween, Die Nacht der fröhlichen Hexen
Originalbeiträge

Marie Trevelyan: Die läutende Glocke, Die Totenkerze; D. E. Jenkins, Die Weiße Dame vom Abernathy-Paß
Gespenstergeschichten aus Wales. Fischer TB Verlag GmbH, Frankfurt am Main 1978

Edgar Allan Poe: Die Maske des roten Todes
Edgar Allan Poe, Erzählungen, Artemis & Winkler Verlag, München und Düsseldorf 2000

Heinrich Heine: Aufstieg zum Brocken* (aus: Die Harzreise)
Heinrich Heine, Sämtliche Werke, Bd. II, Artemis & Winkler Verlag, München 1994

Theodor Storm: Walpurgisnacht
Theodor Storm, Gesammelte Werke, Bd. II, Artemis & Winkler Verlag, München und Düsseldorf 2000

Bram Stoker: Draculas Gast
Von denen Vampiren, Suhrkamp Verlag, Frankfurt am Main 1994, © Carl Hanser Verlag, München (Übers. Michael Krüger)

Kurt Tucholsky: Walpurgisnacht
Kurt Tucholsky, Ges. Werke, Bd. 1, Rohwolt Verlag GmbH, Reinbeck bei Hamburg 1960

Charles Dickens: Das Gespenst im Aktenschrank*
Charles Dickens, Die Pickwickier, Artemis & Winkler Verlag, Düsseldorf und Zürich 1997

Friedrich Hebbel: Eine Nacht im Jägerhaus
Friedrich Hebbel, Werke, Bd. III, Carl Hanser Verlag, München 1965

Chinesische Erzählung: Das Gespenst im Gasthaus
Chinesische Gespenstergeschichten, Fischer TB Verlag GmbH, Frankfurt am Main 1975

Marie Luise Kaschnitz: Gespenster
Marie Luise Kaschnitz, Lange Schatten, Claassen Verlag, Hamburg 1993

Agatha Christie: Die letzte Sitzung
Agatha Christie, Die Mausefalle und andere Fallen, Scherz Verlag 1987, (© Mohrbooks Literary Agency, Itschnach-Zürich)

Asmus Bremer: Meister Christian und Apollonia*
nach: Asmus Bremer, Chronicum tragico-curiosum, hg. Moritz Stern, Kiel 1916 (Textfassung: Ulrich Mattejiet, Originalbeitrag)

Alois Jirásek: Das Haus des Doktor Faust
Rote Drachen, hg. Ivan Slavik, Suhrkamp Verlag, Frankfurt am Main 1990

Ludwig Hevesi: Jules Verne in der Hölle
Ludwig Hevesi, Die fünfte Dimension, Konegen Verlag, Wien 1906

Charles Baudelaire: Die Verwandlungen des Vampirs
Charles Baudelaire, Die Blumen des Bösen, Artemis & Winkler Verlag, München 1979

Hermann Löns: Der Vampir
Hermann Löns, Sämtliche Werke, Bd. VII, Hesse & Becker Verlag, Leipzig o. J.